Un délicieux ultimatum

MICHELLE SMART

Un délicieux ultimatum

Traduction française de
MARIE BACHÉ

AZUR

HARLEQUIN

Collection : Azur

Titre original :
HEIR ULTIMATUM

HARPERCOLLINS FRANCE
83-85, boulevard Vincent-Auriol, 75646 PARIS CEDEX 13
Service Clients — https://www.harlequin.fr/contenu/contactez-nous
ISBN 978-2-2805-2171-0 — ISSN 0993-4448

Édité par HarperCollins France.
Composition et mise en pages Nord Compo.
Imprimé en octobre 2025 par ScandBook UAB en Lituanie
en utilisant 100% d'électricité renouvelable.
Dépôt légal : novembre 2025.

FSC
www.fsc.org
MIXTE
Papier | Pour une gestion forestière responsable
FSC® C021394

Pour limiter l'empreinte environnementale de ses livres, HarperCollins France s'engage à n'utiliser que du papier fabriqué à partir de bois provenant de forêts gérées durablement et de manière responsable.

1

Sebastiano Russo était forcé de l'admettre, la skyline de Londres était spectaculaire ce soir-là. La douce lueur du soleil couchant enveloppait ses rues d'un voile doré scintillant. L'hélicoptère à bord duquel il avait voyagé depuis Édimbourg opéra une plongée, avant de se poser sur le toit de l'un des plus magnifiques bâtiments de la ville – l'élégant siège du club privé le plus exclusif du monde.

À son habitude, Lazlo, le discret gérant du Diamond Club, était là pour l'accueillir.

N'étant pas d'humeur à bavarder et peu enclin à rechercher la compagnie des autres membres présents, Sebastiano se dirigea directement vers sa suite privée. Perdre un milliard d'euros de sa fortune d'un seul coup avait de quoi donner à un homme l'envie de fuir tout type de compagnie, surtout si la perte en question n'était le fait que de sa propre imprudence.

Au moins, ici, il pouvait se déconnecter du monde.

Les installations et les services du Diamond Club, ainsi que son ambiance naturellement envoûtante, lui offraient tout ce dont il avait besoin pour décompresser, lors de ses voyages d'affaires à Londres. En tant que visage de la Russo Banca Internazionale, l'image de Sebastiano était primordiale. Depuis des siècles, la famille Russo possédait et dirigeait cette prestigieuse banque privée, avec discrétion et une touche de glamour. Sa clientèle haut de gamme – les clients devaient déposer un minimum de cinq millions d'euros pour ouvrir un compte – appréciait les rendements élevés, ainsi que le service personnalisé et irréprochable qui leur était proposé. Depuis que Sebastiano avait repris les rênes de l'entreprise, il avait donné la priorité à la gestion de patrimoine et à l'amélioration de ses services numériques, sans rien perdre de ces petites attentions qui donnaient à ses clients le sentiment d'être si valorisés. Sous sa direction, les bénéfices de la RBI avaient doublé en cinq ans. Si la perte qu'il venait de subir était rendue publique, sa réputation et celle de la banque seraient anéanties. Qui confierait à un homme son patrimoine, sachant que ce même homme n'est pas capable de gérer le sien ?

Pour cette nuit seulement, il s'autoriserait à ruminer en solitaire. Mais dès demain matin, il réunirait son équipe et discuterait des stratégies à mettre en place pour limiter les dégâts de ce scandale potentiel.

Cela faisait trois mois qu'il n'était pas revenu au Diamond Club. Trois mois, depuis qu'il avait organisé cette fête spontanée dans sa suite, qui s'était achevée de la manière la plus inattendue qui soit. C'était le plus long intervalle entre deux passages, depuis que Raj Belanger – le fondateur du Diamond Club – l'avait invité à en devenir membre. Il n'y aurait pas de fête, ce soir. La seule compagnie que désirait Sebastiano était celle d'une bouteille de bourbon, et une personne prête à se fondre dans le décor pour le servir.

Lazlo resta silencieux, jusqu'à ce qu'ils arrivent devant la double porte qui menait à la suite de Sebastiano. Puis, avec un hochement de tête respectueux, le gérant s'éclipsa avec sa discrétion coutumière en lui souhaitant une bonne soirée. C'était l'une des nombreuses qualités que Sebastiano appréciait au Diamond Club. Les membres du personnel étaient hautement qualifiés, et la discrétion faisait partie de leur ADN. Tous avaient la capacité de deviner l'humeur de leurs clients d'un simple regard et d'adapter leur personnalité à ce qu'on attendait d'eux.

Ayant précisé qu'il ne souhaitait la présence que d'un serveur ce soir, Sebastiano ôta sa veste de costume dans le petit espace de réception de sa suite avant de la déposer sur le dossier d'un fauteuil. Puis il arracha sa cravate qui vint rejoindre sa veste. Il se dirigea ensuite vers le salon, tout en remontant les manches de sa chemise sur ses avant-bras. Là, il jeta un regard à la personne qui se trouvait derrière le bar et se figea.

Un long moment s'écoula avant que la jeune femme élancée aux cheveux blond foncé ne l'accueille avec un sourire respectueux.

— Bonsoir, monsieur Russo.

La poitrine oppressée, les yeux plissés, Sebastiano contourna le billard et le baby-foot - qui faisaient toujours la joie d'un milliardaire, peu importe son âge - avant de venir s'installer sur un tabouret, face au long bar en séquoia foncé.

— Layla, répondit-il avec un hochement de tête raide parfaitement accordé à la tension de sa voix. Je pensais que vous étiez partie.

S'il avait su que le préavis de la jeune femme n'était pas terminé, il aurait pris soin de demander à Lazlo de choisir quelqu'un d'autre pour le servir.

La dernière chose qu'il souhaitait, c'était se retrouver en tête à tête avec la seule employée du Diamond Club avec qui il avait passé une nuit.

Layla esquissa un sourire qui fit ressortir ses pommettes saillantes.

— Non, je suis encore là, confirma-t-elle, avec le même ton léger qu'elle avait toujours employé. Bourbon, et un glaçon ?

Sebastiano plissa de nouveau les yeux, scrutant ses beaux traits à la recherche d'un signe de reproche ou de mauvaise humeur, mais il n'en trouva pas.

Rien ne laissait présager que Layla se comporte autrement qu'avec le professionnalisme intuitif qui l'avait conduit à la réclamer systématiquement, lors de ses séjours au club.

— Oubliez la glace, fit-il d'un ton bourru. Et servez-m'en un double.

Son bref sourire, cette fois, fut compatissant, comme si elle avait lu dans son esprit et perçu l'erreur colossale qui avait ruiné sa journée et risquait de gâcher le reste de sa vie.

Elle le servit et plaça le verre en cristal devant lui.

Il le but d'un trait.

— Un autre.

Le processus se répéta. Ce ne fut que lorsque le liquide commença à opérer sa magie bienfaisante que Sebastiano ralentit la cadence et sirota son troisième verre. Tout en tournant la tête pour apaiser les tensions de son cou, il reprit la parole.

— De la musique. Tout ce que vous voudrez, mais pas de jazz.

Un cousin lui avait un jour imposé, tout un dimanche après-midi, une conférence soporifique portant sur ce style musical. S'il y avait quelque chose à en apprécier, la voix monocorde de Roberto en avait dégoûté Sebastiano à jamais.

— Quelque chose d'entraînant ?

Le timbre musical de Layla, en revanche, ne pourrait jamais être qualifié de monocorde, songea-t-il en avalant une gorgée de bourbon.

Il acquiesça et elle pianota sur sa tablette. Quelques instants plus tard, des accords rythmés se mirent à pulser doucement dans la vaste pièce.

Durant les deux années où Layla avait travaillé au club, elle s'était révélée la plus douée de tous les membres du personnel pour comprendre ses besoins et envies. À mesure que le bourbon, aidé de la musique, contribuait à détendre Sebastiano, la sensation d'oppression, qui était apparue quand il l'avait aperçue derrière le bar s'atténua.

Les promesses faites juste après le sexe ne valent jamais les vraies promesses, songea-t-il. Tout le monde le savait. Layla était adulte et rien dans son langage corporel ne laissait présumer qu'elle avait pu être contrariée par le fait qu'il ne l'ait pas appelée, après cette nuit-là. Maintenant qu'il était un peu plus posé et lucide, Sebastiano avait l'impression qu'elle semblait même heureuse de le revoir.

Après tout, n'avaient-ils pas passé une excellente soirée, ensemble ? Encore plus détendu, il leva son bourbon en direction de la jeune femme.

— Prendrez-vous un verre avec moi ?

Une lueur brillante traversa ses yeux myosotis. De jolies dents blanches effleurèrent la lèvre inférieure et pleine d'une bouche en forme de cœur. La même bouche qui, trois mois auparavant, avait couvert de baisers chaque centimètre carré de sa peau.

— Peut-être plus tard.

Il haussa un sourcil, face à son ton suggestif et à la courbure de ses longs cils. Mais elle ne tiqua pas et soutint son regard.

Un frisson le parcourut.

Il reconnaissait ce regard. C'était celui qu'ils avaient échangé, trois mois auparavant, quelques heures avant qu'il ne jette ses invités hors de sa suite.

Peut-être n'aurait-il pas besoin de noyer ses soucis dans l'alcool, tout compte fait. Une certaine fébrilité s'empara de lui. Il y avait d'autres manières, bien plus agréables, de se débarrasser de sa mauvaise humeur. Et s'il existait un plaisir plus grand au monde que celui de Layla, enroulant ses longues jambes fines autour de sa taille tandis qu'il la pénétrait profondément, eh bien, il ne l'avait encore jamais expérimenté.

L'étincelle dans les yeux de la jeune femme se transforma en lueur et elle se pencha au-dessus du bar pour remplir son verre. L'espace d'une seconde, son élégant haut noir à col V s'écarta, laissant entrevoir deux petits seins qui s'étaient parfaitement logés dans sa bouche. Quand elle vit la direction qu'avait prise le regard de Sebastiano, Layla esquissa un sourire et se pencha de nouveau, le menton appuyé sur un coude.

— Puis-je vous offrir autre chose ?

Le frisson s'accentua. Il était assez près pour sentir son parfum délicat et subtil, et sa bouche s'emplit du souvenir de ses seins si parfaits. Sa langue le picota quand il se rappela la texture de ses larges tétons couleur framboise.

Il leva les yeux et plongea son regard dans le sien.

— Peut-être plus tard, murmura-t-il.

Les lèvres de Layla s'étirèrent en un sourire légèrement de travers qui était son unique défaut. Et encore, ce n'en était pas un. Sans cela, son visage aurait été simplement d'une beauté à couper le souffle. Ce sourire singulier transformait son charme en quelque chose de spectaculaire. Et sexy. Il était pareil à une promesse d'érotisme et de plaisirs.

— Comment se fait-il que vous travailliez toujours ici ? demanda-t-il après avoir bu une nouvelle gorgée de bourbon.

Elle haussa légèrement les épaules.

— Mes plans ont changé.

— Donc vous restez.

— Non, réfuta-t-elle avec un autre sourire en coin, accompagné d'un battement de cils. C'est mon dernier service, ce soir.

Il la balaya des yeux, s'attardant une fois de plus sur ses petits seins recouverts de dentelle noire, avant de croiser son regard et de lever son verre dans sa direction.

— Alors, la chance me sourit.

Elle se rapprocha un peu plus.

— Ce n'est pas l'impression que vous donniez, lorsque vous êtes entré ici, observa-t-elle.

Son intuition était décidément exceptionnelle.

— Croyez-moi, murmura Sebastiano d'un air contrit. Ma journée a été un véritable enfer.

Une lueur d'empathie brilla dans les yeux de Layla.

— Avez-vous envie d'en parler ?

— Non, répondit-il avant de se raviser et d'ajouter, sans y réfléchir davantage : Je viens de perdre un milliard d'euros.

Le personnel du Diamond Club était connu pour être d'une discrétion absolue. Ses membres étaient formés à ne pas réagir, face aux ragots ou secrets d'État dont ils avaient parfois vent dans le cadre de leur travail. Mais même les yeux myosotis de Layla s'écarquillèrent sous l'effet de la surprise.

Sebastiano acheva d'un trait son verre de bourbon, avant de s'essuyer la bouche d'un revers du pouce.

— Vous voulez savoir comment ?

Elle se redressa et saisit la bouteille.

— Seulement si vous tenez à me le dire.

Après tout, bon sang, pourquoi pas ? Layla, au fil des ans, s'était révélée être la meilleure confidente qui soit.

— Une entreprise dont je suis l'actionnaire majoritaire a été placée en redressement judiciaire, la nuit dernière. Sur le papier, je suis à présent plus pauvre, à hauteur d'un milliard.

Elle fit la moue avant de remplir son verre.

Et lui-même grimaça, avant d'en boire une gorgée.

— J'aurais dû vendre, reprit-il. Les signes avant-coureurs étaient là.

Après une journée passée à se réprimander et à s'en vouloir pour son ineptie, il ne comprenait toujours pas d'où lui était venue cette léthargie cérébrale qui l'avait empêché d'agir selon son instinct.

Toute personne dotée d'un minimum de bon sens aurait su se séparer à temps d'une entreprise devenue toxique.

— Je n'ai pas l'habitude de commettre des erreurs, poursuivit-il après une autre gorgée.

— Vous êtes humain, dit-elle doucement. Cela arrive, même aux meilleurs d'entre nous.

— Pas à moi.

Elle le fixa un instant d'un air songeur, puis elle reposa son coude sur le bar, et son menton sur son poing.

— Voulez-vous savoir ce que j'en pense ?

Surpris – Layla commentait rarement les informations qu'il lui confiait –, il soutint son regard avant de hausser les épaules. Il était peu probable qu'une serveuse soit capable de mettre le doigt sur quelque chose qui lui avait échappé. Mais qu'avait-il à perdre, après tout ?

— Bien sûr.

— Je pense que vous travaillez trop.

— J'ai beaucoup de responsabilités.

Ce qui était un euphémisme.

— Je le sais, mais à quand remonte votre dernière pause ? l'interrogea-t-elle en lui lançant le regard le plus sexy qui soit.

— Je prends beaucoup de temps libre, répondit-il en se plongeant dans ses yeux.

Elle s'approcha un peu plus.

— Je parle d'une vraie pause. Des vacances. Un peu comme un tour en Méditerranée sur votre yacht, mais sans votre assistante, votre avocat et votre comptable... Je suis prête à parier que, si vous leur passez un coup de fil, ils sont capables de frapper à votre porte en quelques minutes.

Il ne put s'empêcher de sourire, face à la justesse de son observation, et il fut récompensé par un de ses sourires en coin, sexy et sensuel.

— Je doute que vous vous déconnectiez jamais complètement, poursuivit-elle de sa voix de sirène. Je suis sûre que vous consultez vos mails même le jour de Noël.

— Vous n'imaginez pas quelle somme d'argent je perdrais si je ne les vérifiais pas quotidiennement, répliqua-t-il.

— Vous pouvez vous permettre de perdre un milliard chaque jour pendant un mois, et en avoir encore de nombreux en réserve.

— Je préférerais toutefois les garder.

— Dans ce cas, suivez mon conseil et faites une pause. Une vraie pause. Ressourcez-vous.

Leurs visages n'étaient plus qu'à quelques centimètres l'un de l'autre.

— Vous savez ce qui est bon contre le stress ? demanda-t-elle.

— Le bourbon ?

Elle eut un petit rire doux et se pencha encore plus près. Une mèche de ses cheveux soyeux lui chatouilla la joue.

— Un massage relaxant, murmura-t-elle.

— Hmmm... voilà qui est tentant.

— J'en suis sûre, s'exclama-t-elle avant qu'une autre lueur n'illumine son regard mutin. Dois-je appeler le spa ?

Sebastiano pencha la tête. Leurs lèvres étaient à deux doigts de se frôler et la douceur du souffle de Layla ne fit qu'attiser le feu qui brûlait déjà dans ses veines. Il tendit le bras et enfonça la main dans la masse soyeuse de ses cheveux ondulés avant de se pencher à son oreille.

— Il y a autre chose que je préférerais faire.

Les lèvres de la jeune femme s'entrouvrirent contre les siennes. La douce langue qui l'avait exploré avec passion le frôla, mais, avant qu'il ne puisse approfondir son baiser, elle se glissa en arrière, hors de sa portée. Et les cheveux qu'il avait tenus dans sa main retombèrent en cascade lourde sur ses épaules.

Les yeux emplis d'une sensualité féline, elle lui adressa son sourire en coin, si diablement sexy.

— Je vais chercher l'huile de massage. Allez vous mettre à l'aise dans votre chambre.

Sebastiano se déshabilla jusqu'à ne garder que son boxer. Un désir bouillant s'était emparé de lui.

Ce n'était pas ainsi qu'il avait imaginé terminer sa journée infernale.

La dernière fois qu'il avait été dans cet état, c'était trois mois auparavant, lors de cette nuit-là.

Cela faisait deux ans déjà, alors, qu'il fantasmait sur Layla.

Sa beauté l'avait époustouflé, dès le premier regard.

La grande blonde élancée, qui aurait pu faire la une de n'importe quel magazine de mode, était entrée dans sa suite, une caisse de champagne dans les bras, pour une petite fête qu'il organisait. Quand elle lui avait souri, il n'avait pu s'empêcher de penser qu'il n'existait pas de créature plus sexy au monde que cette apparition.

Mais Layla travaillait au Diamond Club. Elle était payée pour servir et satisfaire le moindre de ses désirs, faisant partie de son monde, sans en faire réellement partie. La séduire aurait constitué un abus de pouvoir. Il s'était donc contenté de réclamer sa présence, chaque fois qu'il résidait au club, afin de prendre plaisir à la contempler. Apprécier sa compagnie. Pouvoir se détendre et se confier sur sa vie auprès d'elle et savourer la sensation de se dire qu'elle l'écoutait par intérêt sincère et pas parce qu'elle était payée pour cela. En plus, il doutait qu'elle retienne la plupart de ses confidences.

Le frisson qui accompagnait chacun des moments qu'ils passaient ensemble était réciproque, il en était certain. Puis, lors de cette dernière soirée, trois mois auparavant, Layla lui avait annoncé que c'était probablement la dernière fois qu'ils se voyaient car elle venait de remettre sa démission.

Le regard qui avait flotté entre eux à ces mots...

L'intention de Sebastiano de festoyer jusqu'à l'aube avait été balayée en un clin d'œil. Dès que minuit avait sonné, il avait congédié tous ses invités, ainsi que les membres du personnel. Tout le monde sauf Layla.

Il n'y avait eu aucun doute sur ce qui arriverait, une fois qu'ils seraient seuls. Le dernier invité n'avait pas encore quitté le couloir qu'elle était déjà dans ses bras. Cela avait été la nuit la plus sensuelle et la plus palpitante de ses trente-cinq ans d'existence. Si excitante qu'il avait noté le numéro de Layla en lui promettant de l'appeler, dès la sortie de sa réunion le lendemain, pour convenir d'un nouveau rendez-vous. À l'époque, il avait même pensé sincèrement qu'il le ferait.

C'est pourquoi l'apercevoir derrière le bar tout à l'heure avait d'abord été une si mauvaise surprise.

Sebastiano avait pensé ne jamais la revoir. Et maintenant, avec la perspective d'une nuit de plus en compagnie de cette sirène qui avait passé deux ans à tisser ses fantasmes, il se souvenait à peine pourquoi il ne l'avait jamais rappelée.

Il était adossé à sa tête de lit, vêtu seulement d'un boxer noir, lorsqu'elle apparut sur le seuil, tenant dans ses mains une petite bouteille d'huile de massage.

Pressant sa joue contre l'encadrement de la porte, elle le contempla lentement, tout en se mordillant la lèvre inférieure.

Avec son visage d'actrice hollywoodienne et son corps de top model, Layla n'était pas seulement séduisante, elle était incendiaire. Et lorsqu'elle détacha son visage du cadre de la porte pour s'avancer vers lui, une flamme de désir s'empara de lui tout entier.

Ses cheveux blond miel tombaient sur ses épaules tandis qu'elle s'approchait d'un pas chaloupé, sa jupe noire dévoilant ses longues jambes dorées pour son plus grand plaisir.

Arrivée au pied du lit, elle effleura son mollet.

— Retournez-vous, ordonna-t-elle.

Il obtempéra et posa une joue sur son oreiller. Un vent d'impatience le parcourut. Pourquoi diable ne l'avait-il jamais rappelée ? La lumière était tamisée, et il sentit un léger souffle quand elle vint s'installer confortablement à côté de lui. Un jet d'huile coula le long de son dos, et elle eut un rire musical très doux en le voyant tressaillir.

Ce fut le moment le plus érotique de sa vie. Ses genoux pressés contre le flanc de Sebastiano, Layla écarta les paumes et étala l'huile sur son dos et ses épaules. Puis, elle se mit au travail et pétrit ses muscles, saisissant le biceps le plus proche d'elle et étirant son bras pour pouvoir exercer sa magie. C'était tellement bon que, si ses seins n'avaient pas effleuré son dos de temps en temps lorsqu'elle se penchait pour masser son autre biceps, il se serait peut-être suffisamment détendu pour s'endormir. Sebastiano se trouvait à la frontière entre le plaisir et la douleur : le plaisir provenait des mains expertes de Layla et la douleur, du désir croissant qu'elle faisait naître en lui.

La respiration plus profonde de la jeune femme, à mesure qu'elle le massait, lui indiqua qu'elle était aussi excitée que lui.

Les lèvres de Layla lui effleurèrent la nuque et il se serait retourné si elle n'avait pas enfoncé le bout de ses doigts dans ses cheveux, avant de lui embrasser le lobe de l'oreille et de murmurer :

— Fermez les yeux et ne bougez pas.

Habitué à être le séducteur, Sebastiano trouvait extraordinairement érotique d'être guidé par cette femme, et le désir pulsa encore plus fort en lui.

S'il avait su que cette journée infernale s'achèverait sur cette apothéose glorieuse... Cela valait presque la peine d'avoir perdu un milliard.

Il entendit un bruissement, mais n'eut pas le temps de se demander ce que c'était, car Layla grimpa à califourchon sur son dos et sa bouche vint se poser au creux de son cou.

— Gardez les yeux fermés, répéta-t-elle d'une voix envoûtante.

Des mains caressèrent son bras droit. Un sein, hélas recouvert de vêtements, effleura sa joue. Il grogna de nouveau, résistant à l'envie d'ouvrir la bouche et soudain... un éclair de métal froid s'enroula autour de son poignet.

Dans la fraction de seconde qu'il lui fallut pour ouvrir les yeux, Layla s'était écartée de lui et elle se tenait assise au bout du lit.

Il lui fallut une autre fraction de seconde pour comprendre qu'elle venait de le menotter au montant du lit.

2

Le cœur de Layla battait la chamade. Elle tremblait à cause du désir qui l'avait gagnée à mesure qu'elle séduisait Sebastiano, mais aussi du courage qu'il avait fallu mobiliser pour mettre son plan à exécution.

Elle n'arrivait pas à croire qu'elle était allée jusqu'au bout. La seule fois où elle avait vacillé, c'était lorsque Sebastiano était entré dans sa suite. Elle avait cru que son cœur allait exploser. Depuis qu'elle avait reçu l'appel, trois heures plus tôt, l'informant que Sebastiano Russo viendrait ce soir-là, elle s'était concentrée uniquement sur ce qu'il fallait faire. Le pire était passé, mais la pensée de ce qui allait suivre la faisait trembler encore plus fort.

— Je ne vous imaginais pas aimer ce genre de jeux coquins, déclara Sebastiano Russo de sa voix grave à l'accent sicilien qui la faisait fondre dès qu'elle l'entendait.

Elle l'avait attaché de manière suffisamment souple pour qu'il puisse se retourner, mais pas assez pour lui permettre de se libérer du métal qui le retenait attaché au lit. Il était à présent sur le dos et il la fixait de ses yeux verts qui la rendaient folle.

S'il n'y avait que ses yeux... Grand, brun, beau, il était incroyablement sexy et elle avait été attirée par son magnétisme viril, dès le premier instant où elle l'avait vu.

Bien sûr, son visage aux traits ciselés et son corps d'athlète auraient fait défaillir n'importe quelle femme, mais, quand il la dévisageait, Layla avait le sentiment qu'elle était la seule qu'il ait regardée de sa vie.

Quelle que soit la réaction que cet homme produisait sur elle, elle avait couché avec lui sans se faire la moindre illusion sur le genre de personne qu'il était. Elle ignorait toujours ce qui lui avait pris.

En vingt-quatre ans de vie, elle n'avait eu qu'un seul amant – une relation à long terme qui s'était achevée à la fin de ses études, lorsque le garçon en question avait accepté un poste à trois cents kilomètres de Londres. Ils avaient alors convenu que la distance rendrait leur relation trop difficile à entretenir. Après cela, Layla avait souvent été sollicitée par des hommes, mais aucun n'était parvenu à la séduire. Et puis, elle avait trop d'estime de soi pour coucher avec quelqu'un dès le premier rendez-vous. Pourtant, elle avait oublié toutes ses convictions, le soir où elle s'était retrouvée avec Sebastiano.

Même maintenant, après la nuit folle qu'ils avaient partagée et les semaines passées à saisir son téléphone, le cœur battant à chaque fois qu'il sonnait, son désir pour Sebastiano était aussi débridé que la fois où elle avait succombé.

Elle ne se faisait aucune illusion, avant qu'ils ne fassent l'amour, mais au petit matin, quand il lui avait annoncé qu'il voulait la revoir, elle l'avait cru. Peut-être que, si elle n'avait pas été prise dans le brouillard euphorique de leur nuit torride, elle aurait eu le bon sens de comprendre que ce n'étaient que des paroles en l'air. Qu'il ne le pensait pas. Elle se serait rappelé que malgré son physique ravageur et son charme indéniable, Sebastiano n'était, au fond, qu'un milliardaire gâté, égoïste et prétentieux. Comme elle détestait qu'il puisse encore l'affecter aussi physiquement et profondément !

Il y avait eu des moments, quand elle le massait, où, enivrée par son eau de Cologne, la chaleur et la proximité de sa peau, elle avait eu du mal à se retenir de fusionner sa bouche avec la sienne et de s'abandonner de nouveau à cette passion furieuse.

Cette lueur sexy dans ses yeux, tandis qu'il attendait son prochain mouvement, suffit à la liquéfier de l'intérieur, et elle inspira profondément pour que son corps se mette en mouvement, à contre-courant de ce qu'il ressentait.

À quel jeu jouait-elle ? se demanda Sebastiano lorsque Layla descendit du lit. Elle ne lui lança pas un regard avant d'atteindre la porte et, quand elle se retourna, l'expression qu'il vit passer dans les yeux de la jeune femme le glaça.

— Layla ?

— Restez où vous êtes, fit-elle d'une voix tremblante, comme s'il avait pu aller où que ce soit. J'ai quelque chose à vous montrer.

Bon sang, mais que se passait-il ?

— Layla !

Elle disparut de la pièce un court instant et, quand elle revint, elle portait un grand sac à main. Il n'y avait plus rien de charmeur dans son visage lorsque son regard effrayé se posa de nouveau sur lui.

— Il faut me libérer, ordonna-t-il, car, quel que soit ce jeu, il n'avait plus envie d'y participer. Enlevez-moi ces menottes !

Le beau visage de la jeune femme se crispa et elle ferma les yeux quelques secondes, avant de les rouvrir brusquement.

— Je le ferai. Bientôt.

— Libérez-moi, maintenant.

Layla sortit de son sac à main une enveloppe marron qu'elle lui tendit.

— Les affaires, d'abord, annonça-t-elle.

— Qu'est-ce que c'est ? Une demande de rançon ?

Elle eut un petit rire amer.

— En quelque sorte.

Il la fixa, incrédule, refusant de croire à ce qui arrivait. Layla l'avait menotté à son lit et ce n'était pas pour un jeu sexuel.

— Vous avez perdu la tête ?

Le sourire qu'elle lui adressa était aussi amer que son rire.

— C'est possible. La grossesse peut avoir cet effet-là sur les femmes.

Le sang de Sebastiano se glaça pour la deuxième fois en quelques minutes. Elle se tourna vers lui, le visage tendu.

— Je suis enceinte de trois mois. Cette enveloppe contient le résultat de mon échographie, avec la date présumée de l'accouchement. Vous qui êtes doué en calcul, vous serez capable de comprendre facilement que vous êtes le père de cet enfant.

Elle marqua une pause.

— Non pas qu'il y ait d'autre candidat puisque vous êtes le seul homme avec qui j'aie été depuis des années, mais je me doutais que vous voudriez des preuves. J'ai également la lettre d'une sage-femme qui précise la date de la conception.

Layla ferma les yeux. Elle avait dû supplier pour obtenir cette lettre. Elle avait longuement réfléchi à supplier Sebastiano, lui aussi, mais finalement, elle s'était rendu compte que cette solution était la seule qui la protégerait et, plus important encore, qui protégerait leur enfant.

Deux mois s'étaient écoulés depuis qu'elle avait fait le test de grossesse. Elle avait failli s'évanouir en voyant le signe positif sur le bâtonnet.

— Vous m'avez enchaîné, seulement pour m'annoncer que vous étiez enceinte ? demanda-t-il, l'air incrédule.

— Non. Je l'ai fait parce que j'ai besoin d'argent et que c'était le seul moyen de l'obtenir, sans que vous me traitiez de folle et que vous me jetiez à la porte de votre suite.

La situation aurait été différente si Sebastiano ne l'avait pas totalement ignorée après cette nuit ensemble. Idem s'il avait été un homme comme les autres. Ils auraient abordé les choses à armes égales, mais il n'y avait aucun espoir d'égalité entre une jeune femme ordinaire et l'un des hommes les plus riches et les plus puissants de cette planète. Layla savait, d'après l'amère expérience de sa propre histoire, combien les hommes riches sont capables d'utiliser leur argent comme un instrument. La fortune de son père ne représentait qu'une fraction de celle de Sebastiano et pourtant, sa mère n'avait eu aucune chance face à lui. De la même façon, Layla, malgré son intelligence et sa formation juridique, ne faisait pas le poids face à Sebastiano.

Elle sortit le téléphone qu'elle avait subtilisé dans la poche de sa veste, et elle le laissa tomber sur le lit, à sa portée.

— Cinq millions.

Il regarda son portable, leva les yeux vers elle et... rit. Seulement, ce n'était pas le même timbre que son rire habituel. C'était un rire glacial. Elle réprima un frisson, et un vent de panique la traversa, mais elle redressa les épaules.

Elle faisait cela pour le bébé qui grandissait en elle, elle devait se le rappeler.

— Je ne plaisante pas, dit-elle. Ce montant ne sort pas de nulle part. Je vais avoir votre enfant et, compte tenu de votre immense richesse, il est normal qu'il grandisse dans un foyer décent. Londres est une ville chère.

Et Layla vivait dans l'un de ses quartiers les plus défavorisés. Élever un enfant là-bas était impensable.

— J'ai visité des logements et trouvé une jolie maison avec un jardin en banlieue, qui nous conviendrait parfaitement. J'ai également pris en compte le coût de l'éducation d'un enfant jusqu'à ses dix-huit ans, puis celui de ses études universitaires, si c'est la voie qu'il choisit.

Sebastiano s'était redressé contre la tête de lit et il croisait maintenant son bras libre sur sa poitrine.

— Et vous estimez tout cela à cinq millions, railla-t-il.

— Non. C'est bien moins que cette somme, mais j'ai aussi pris en compte l'inflation, ainsi que les imprévus potentiels. Tout ce qui restera de ce montant quand notre enfant aura terminé ses études lui appartiendra.

— Comme c'est généreux de votre part, lança-t-il du même ton moqueur, avant de lui adresser un sourire de prédateur qui fit battre son cœur plus vite. Vous pensez sérieusement que je vais vous donner cinq millions d'euros ?

— Non. Cinq millions de livres sterling, et si vous voulez récupérer la clé pour déverrouiller ces menottes, alors oui, je pense que vous me les donnerez. En contrepartie, j'ai rédigé un document juridique, stipulant que cette somme constitue l'étendue de vos obligations financières envers moi et notre enfant et qu'en aucun cas je ne vous en demanderai davantage. Une fois l'argent versé sur mon compte, ce sera terminé.

— Vous, vous l'avez rédigé ?

— Oui, Sebastiano, c'est moi qui l'ai rédigé.

Elle sortit le papier de son sac, le déplia et le lui tendit pour qu'il le voie, en veillant à ne pas trop s'approcher. Hormis sa colère initiale lorsqu'il s'était aperçu que le menotter au lit n'était pas un jeu sexuel, il semblait prendre toute cette histoire comme une vaste plaisanterie. Elle aurait largement préféré qu'il soit en colère. Cette humeur joviale la troublait en raison du danger sous-jacent. Piéger Sebastiano, c'était comme piéger un grand félin. Elle ne doutait pas qu'une fois libre, il bondirait sur elle, mais d'ici là, elle aurait reçu l'argent sur son compte. Toutes les blessures qui découleraient en vaudraient la peine, pour la sécurité financière de leur enfant.

— Je l'ai déjà signé, précisa-t-elle en laissant tomber le document sur le lit sans qu'il ne fasse le moindre mouvement pour s'en saisir. Dès que vous aurez transféré l'argent, je vous le laisserai pour que vous puissiez le signer à votre tour. J'ai également rédigé un document concernant la garde de notre enfant, qui va vous simplifier la vie : j'en ai l'exclusivité et vous n'êtes absolument pas tenu de vous impliquer. J'espère que vous ne signerez pas ce second document, car je préférerais qu'il ait une relation harmonieuse avec son père, mais je comprendrais que vous ne souhaitiez rien avoir à faire avec nous. J'espère aussi qu'avec le recul, vous comprendrez que j'essaye simplement de faire ce qu'il y a de mieux dans son intérêt. Dès que vous aurez effectué le virement, je vous laisserai partir et vous pourrez m'oublier.

Il éclata de rire en secouant la tête.

— Vous me forcez à vous donner de l'argent, vous m'annoncez que vous êtes enceinte de moi et vous pensez que je vais vous laisser sortir de cette suite et vous oublier ? On vous a laissée tomber sur la tête quand vous étiez petite, ou quoi ?

— Je ne suis pas une bonne Sicilienne, n'est-ce pas ? Tout ce que vous voulez de moi, c'est mon corps.

Sebastiano, ainsi qu'elle l'avait appris lors des nombreuses nuits passées dans cette suite, où il lui avait confié tant de choses sur sa vie, repoussait son mariage aussi longtemps que possible, ce qui semait la consternation dans le reste de la famille Russo. Ils avaient besoin qu'il perpétue la lignée familiale, avec un héritier qui prendrait le même chemin que son père, son grand-père, et d'innombrables générations de Russo, pour diriger la Russo Banca Internazionale. Cet héritier devrait être issu d'une bonne famille des deux côtés. Quand Sebastiano se marierait, ce serait avec une femme respectable de la haute société, idéalement sicilienne, indépendante et fortunée, qui s'intégrerait parfaitement à son style de vie aisé.

L'amour et la passion n'avaient pas de place, ici.

Et lorsque Sebastiano invitait des proches de son milieu qui avaient déjà franchi le cap du mariage, ces derniers venaient toujours accompagnés de leurs maîtresses, sans que personne ne fasse le moindre commentaire à ce sujet.

Les épouses étaient faites pour le devoir et l'éducation, les maîtresses pour le plaisir. Et tout le monde connaissait sa place. Layla avait entendu suffisamment de conversations pour savoir que les maîtresses qui se retrouvaient enceintes – bien évidemment, la femme était toujours responsable de la conception – étaient traitées avec suspicion. L'enfant était caché comme un vilain secret. Ayant été abandonnée par son propre père, Layla n'avait aucune intention de laisser son enfant être considéré ainsi. Elle désirait ardemment que Sebastiano reconnaisse sa paternité, mais elle devait être réaliste et accepter que ce soit improbable.

Il la regarda de haut en bas avec une arrogance qui lui donna envie de le gifler.

— J'ai toujours apprécié votre façon de me servir à boire.

La souffrance et le dégoût emplirent ses veines comme un poison et elle croisa les bras sur sa poitrine pour le toiser.

— Vous m'avez demandé de tenir votre bar, uniquement pour pouvoir me regarder. Si j'avais ressemblé à un monstre, jamais vous n'auriez posé les yeux sur moi. Maintenant, faites ce virement. Qu'on en finisse.

— Nous sommes vendredi soir.

— Et… ? Les transferts de fonds personnels peuvent être faits à tout moment.

— Pas cinq millions d'euros. Il y a des procédures à respecter.

— Sebastiano, c'est votre banque. C'est vous qui l'avez propulsée dans l'ère numérique. Je sais que vous pouvez faire un virement immédiat et je vous promets que vous ne quitterez pas ce lit avant que ce soit fait.

La satisfaction que lui valut l'éclair d'incrédulité qui passa dans le regard de Sebastiano valait presque le danger qu'impliquait le fait de menotter l'un des hommes les plus riches du monde à un lit pour lui demander de l'argent.

Layla soupçonnait qu'il supposait que, sous prétexte qu'elle avait un joli visage et occupait un poste de serveuse, elle n'était pas dotée de neurones pour autant. Cette confirmation était toutefois teintée d'amertume. Car Sebastiano avait beau être arrogant et gâté, Layla avait appris au cours des deux dernières années à l'apprécier davantage qu'un simple objet de désir. Elle avait véritablement de l'estime pour lui.

Jamais Sebastiano n'aurait imaginé que Layla dévoile un jour cette facette de sa personnalité. Pendant deux ans, pas une fois elle n'avait laissé transparaître son intelligence latente. Il devait avouer que cette nouvelle donne ne la rendait que davantage attirante. Aussi incroyable que cela puisse paraître, toute cette situation était excitante.

Mais elle ne pouvait sérieusement pas croire qu'elle s'en tirerait impunément, si ?

— Vous ne craignez pas les répercussions ?

Elle fit la grimace.

— Libre à vous d'appeler la police et de leur dire que le grand Sebastiano Russo s'est montré assez arrogant pour croire qu'une femme avec qui il avait couché, puis qu'il avait ignorée, accepterait de recoucher de son plein gré avec lui, avant de le piéger. Vous n'aurez pas la moindre preuve pour étayer vos allégations, et je nierai tout.

— Je n'ai jamais parlé d'appeler la police, réfuta-t-il d'une voix grave. Je préfère gérer mes problèmes moi-même. Et puis ce n'est pas l'arrogance qui m'a fait croire que vous me désiriez à nouveau, c'est l'expérience. Vous m'avez peut-être séduit par vengeance et intérêt, mais je sais pertinemment que vous étiez aussi excitée que moi, quand vous m'avez fait ce massage.

Et il utiliserait ce désir qu'elle éprouvait pour lui, pour se venger. Une multitude de scénarios possibles se bousculaient déjà dans sa tête.

Le rouge lui monta aux joues, mais elle ne recula pas.

— Si c'est ce que vous pensez, c'est à mon tour de me demander si on ne vous a pas laissé tomber sur la tête, enfant.

Il la fixa sans ciller.

— Je sens encore votre excitation, *cara*.

La peau en feu, Layla croisa les bras contre sa poitrine.

— Cessez vos manigances. Rien de tout cela n'est pour moi. C'est pour notre enfant seulement que je le fais. Alors effectuez ce virement, car j'en ai assez de vos atermoiements.

Il fit mine d'y réfléchir. Comme s'il pouvait y avoir un enfant. Ils s'étaient protégés pendant le sexe ! Tout cela n'était qu'un canular machiavélique opéré par une femme qu'il avait méprisée et, surtout, largement sous-estimée.

Elle soupira face à son silence.

— Très bien, reprit-elle en secouant la tête et il vit une expression de regret s'afficher sur son beau visage. Si vous ne me donnez pas cet argent, la presse apprendra que le propriétaire du célèbre groupe bancaire international Russo a été si négligent avec son propre argent qu'il a perdu un milliard d'euros à cause d'un investissement qu'il savait susceptible de mal tourner. Imaginez l'effet que cela ferait sur votre réputation. Que penseront vos amis milliardaires qui vous confient leurs biens, s'ils apprennent qu'on ne peut pas vous faire confiance pour gérer votre propre fortune ?

Layla ignorait totalement d'où lui était venue cette idée de menace, qu'elle avait sortie sans réfléchir, et elle dut lutter avec acharnement pour empêcher la peur qui lui serrait le cœur de se lire sur son visage.

C'était allé trop loin à présent. Rien ne se passait comme elle l'avait imaginé. Sans doute avait-elle été naïve, mais elle s'était figuré que Sebastiano jetterait un coup d'œil à l'échographie de leur bébé, et qu'il lui transférerait aussitôt l'argent, pour se débarrasser d'elle. Ne lui avait-il pas clairement fait comprendre qu'il ne voulait rien avoir à faire avec elle ? Elle n'était qu'un corps pour lui, rien de plus.

Lorsqu'elle avait appris sa grossesse, elle avait pris son courage à deux mains et avait composé son numéro. Mais malgré toutes ses tentatives d'appels et de SMS, elle n'avait pu le joindre et s'était résolue à l'idée qu'il avait tout simplement bloqué son numéro.

Tenter de le contacter par l'intermédiaire de sa banque s'était révélé un cauchemar. Après de nombreux appels sans réponse, elle avait fini par tomber sur une secrétaire qui lui avait rétorqué froidement que c'était une ligne professionnelle et que, si elle rappelait, une plainte serait déposée pour harcèlement.

Comprenant qu'il ne lui restait plus que cette possibilité, Layla devait conserver son emploi au club jusqu'à la prochaine visite de Sebastiano. Elle avait donc appelé Lazlo pour lui demander de prolonger son préavis. La procédure de recrutement au Diamond Club étant complexe et longue, le gérant ne lui avait toujours pas trouvé de remplaçant et il avait accepté sa proposition avec plaisir.

Il ne lui restait plus qu'à attendre.

Avant leur nuit ensemble, Sebastiano avait l'habitude de séjourner au Diamond Club au moins un soir par mois. Cette fois, tant de temps s'était écoulé depuis sa dernière visite que des rumeurs avaient commencé à circuler, selon lesquelles il était sur le point de rendre sa carte de membre.

Layla refusait d'envisager une telle éventualité. Elle devait croire qu'il allait revenir. Ce n'est que lorsqu'elle avait passé l'échographie, la semaine précédente, que sa décision s'était figée dans son esprit.

Entendre battre le cœur de son bébé avait fait naître en elle un amour incommensurable pour lui, et son seul but désormais était de le protéger.

Sebastiano n'accepterait jamais cet enfant qui serait, au pire, un secret honteux à ses yeux. Il ne voulait pas de Layla. Même si elle lui présentait les preuves nécessaires, il la jetterait dehors et elle se retrouverait seule à élever un bébé dans un quartier mal famé. C'est pourquoi elle avait apporté les menottes. Pour l'empêcher de la mettre à la porte. Et le forcer à lui donner l'argent dont elle avait besoin avant qu'il ne se cache derrière une armée d'avocats hors de prix, comme son propre père l'avait fait, vingt-quatre ans plus tôt.

Un éclair traversa le vert profond des yeux de Sebastiano avant qu'il ne lui adresse un autre sourire glacial.

— Vous avez signé un accord de confidentialité en venant travailler ici, Layla. Brisez-le et je récupérerai non seulement l'argent que vous cherchez à m'extorquer, mais je veillerai personnellement à ce que vous perdiez aussi tout le reste.

— Je ne suis certainement pas la seule à être au courant de cette perte, rétorqua-t-elle le cœur battant. Il faudra que vous prouviez que c'est moi qui ai prévenu la presse. Or, vous devez savoir que les journalistes protègent toujours leurs sources.

— Tout le monde a un prix, répliqua Sebastiano.

— Et le mien est de cinq millions de livres. Pour vous, c'est de la petite monnaie.

Il la contempla quelques instants, puis il hocha la tête et tendit sa main libre vers son téléphone.

— Je vois bien que vous n'accepterez pas un refus, alors allons-y.

3

— Vos coordonnées bancaires, ordonna Sebastiano après avoir ouvert l'application de sa banque.

Layla récita de mémoire son numéro de compte, ainsi que le code guichet de son agence.

— Et votre nom de famille ?

Ses yeux myosotis lancèrent des éclairs.

— Sansom.

Il n'avait pas eu besoin de le connaître avant cet instant. À présent, il lui serait plus facile de la retrouver, afin de se venger, le moment venu. Il ne voulait pas impliquer le Diamond Club. C'était une affaire entre la jeune femme et lui. Personne d'autre.

En tant que Sicilien, la vengeance lui était aussi familière que l'amour de sa famille. Mais en vérité, il n'avait jamais eu besoin de se venger auparavant. Il venait d'une famille immensément riche et respectée. Les affronts étaient rares.

Lorsqu'un problème le mettait en colère ou l'irritait, il le réglait aussitôt, la vie étant trop courte pour être gaspillée auprès d'imbéciles ou d'incompétents.

Layla n'était ni imbécile ni incompétente.

Depuis deux ans, elle s'était jouée de lui à la manière d'une virtuose et, ce soir, elle lui servait son bouquet final. Elle s'apercevrait bientôt de l'erreur monumentale qu'elle avait commise en le prenant pour cible. La vengeance de Sebastiano prendrait une tournure bien différente de celle dépeinte dans les médias pour la vendetta sicilienne.

La confirmation du transfert s'afficha sur son écran et il la lui montra en guise de preuve.

— C'est fait.

Sans le regarder, elle fit défiler sa propre application sur son téléphone, puis elle prit une profonde inspiration.

Savoure ce soulagement. Bientôt, tu me supplieras de te laisser respirer.

— Vous n'allez pas vous en tirer comme ça, reprit-il. Vous le savez, n'est-ce pas ?

Elle sembla se tendre avant de relever le menton vers lui et de lui lancer un regard de défi.

— Si vous me faites du mal, vous en ferez aussi à notre bébé.

Il rit, se délectant de la façon dont cela la faisait se recroqueviller.

— Je vais réellement vous faire du mal, Layla, mais vous pouvez dormir tranquille. Mon éducation m'a appris à ne jamais lever la main sur une femme, et je ne vais pas commencer à le faire avec une arnaqueuse comme vous. Il n'y a pas de bébé. Je vous félicite pour votre travail. Dépensez votre argent mal acquis tant que vous le pouvez.

Elle baissa les yeux. Les mains tremblantes, elle fouilla dans son sac et en sortit une petite clé. Puis elle le fixa de nouveau et se mordit la lèvre inférieure avant de reprendre la parole.

— Je suis bel et bien enceinte, Sebastiano. Je ne voulais pas que cela se passe ainsi mais vous m'avez ignorée, malgré toutes mes tentatives pour vous contacter. Je vous laisse une porte de sortie. Je voudrais vraiment que vous participiez à la vie de notre enfant, mais si vous ne pouvez pas vous engager, alors, je vous en prie, pour le bien de notre bébé, laissez-moi tranquille.

Il secoua la tête d'un air faussement déçu.

— Aussi touchant que soit votre petit discours, il est temps maintenant que vous me libériez.

Elle s'éloigna de lui et lança la clé, mais visa mal et celle-ci atterrit par terre, près du lit, de l'autre côté du poteau auquel il était enchaîné. Voyant l'incertitude obscurcir son beau visage, Sebastiano haussa les sourcils.

— Je ne peux pas l'atteindre, *cara*.

Le désarroi de la jeune femme ne fit que s'accentuer.

— J'ai satisfait vos exigences, rappela-t-il. À votre tour de satisfaire les miennes.

Elle hocha légèrement la tête avant de se diriger timidement vers le bord du lit et de se pencher pour ramasser la clé.

Sebastiano attendit le moment propice pour bondir.

Layla n'avait jamais vraiment mesuré l'agilité de Sebastiano ni l'envergure de ses bras musclés, jusqu'à ce qu'elle se redresse, la clé entre les doigts, et qu'une main fende soudain l'air et lui attrape le poignet. Prise au dépourvu, elle lâcha la clé en trébuchant elle-même à moitié sur le lit. En un clin d'œil, elle se retrouva affalée sur lui, les seins écrasés contre son torse dur et le visage dans son cou. Seul le bout de ses orteils touchait encore l'épais tapis.

Elle eut le souffle coupé, plus en raison du choc que de la réaction physique que cela provoqua en elle, et il lui fallut une bonne minute de stupeur avant qu'elle ne retrouve un semblant de raison et qu'elle ne tente de s'échapper de son emprise. Mais le bras de Sebastiano était remonté au-dessus de son poignet et se trouvait maintenant enroulé autour du dos de Layla, la piégeant contre lui. Contre son corps presque nu…

Un vent de panique la submergea et elle enfonça ses mains de part et d'autre du matelas pour trouver la force nécessaire à dégager son visage de son cou, mais Sebastiano parvint à la faire glisser plus haut, si bien qu'elle se retrouva couchée sur lui, son visage face au sien. Il la fixa de ses yeux verts étincelants, et un sourire entendu tira ses lèvres si près des siennes qu'elle sentit son souffle chaud sur sa bouche.

Elle cessa de respirer et, lorsqu'il glissa la main sous son haut et qu'il toucha sa peau nue, la sensation qu'elle éprouva fut si intense que la douleur entre ses jambes se transforma en une pulsation intenable. C'était pour cela qu'elle avait succombé et s'était donnée à lui. Ça, et l'intensité des sentiments qu'elle éprouvait. La profondeur de son désir. Un désir tel qu'elle n'en avait jamais imaginé, et qui ne cessait de croître à chacune des visites de Sebastiano au club. Jusqu'à ce qu'elle se surprenne à fantasmer à son sujet dès qu'il entrait dans la pièce. Lorsqu'elle avait remis sa démission, elle savait que la barrière tacite qu'ils avaient érigée entre eux s'abattrait aussitôt.

Une nuit. C'était tout ce qu'elle avait voulu, tout ce dont elle pensait avoir besoin. Mais cela n'avait suffi à aucun d'eux. La réalité de leurs ébats amoureux avait surpassé ses fantasmes les plus fous. Seule la réunion de Sebastiano avec la Banque d'Angleterre le lendemain matin les avait obligés à se traîner hors du lit pour prendre une douche et s'habiller. Et même là, ils n'avaient pas réussi à sortir de la chambre avant qu'il ne la plaque contre le mur.

« *Dio*, comment vais-je me remettre les idées en place pour discuter de finances alors que je sens encore le goût de ton sexe sur ma langue ? avait-il murmuré en lui caressant les cheveux tout en l'embrassant passionnément. Je t'appelle dès que je sors de mon rendez-vous. »

Mais l'appel n'était jamais arrivé. Layla avait attendu le lendemain soir, avant d'envoyer un message léger qui ne reflétait en rien la terreur sourde qui martelait son cœur. « J'espère que ta réunion s'est passée comme tu le voulais et que tout va bien. Layla. » Les coches bleues indiquaient que le message avait été délivré et lu. Puis, il avait dû la bloquer. Elle n'avait cherché à le recontacter qu'après le test de grossesse.

Elle s'était trompée. Une nuit, cela avait été largement suffisant pour Sebastiano. Et s'il avait répondu à son jeu de séduction ce soir, c'était parce qu'il était incapable de résister à n'importe quelle femme qui s'offrait à lui sur un plateau. Et c'est en se répétant cela que Layla parvint à réprimer le désir inouï qui menaçait de la submerger.

— N'y pense même pas, murmura-t-elle d'une voix bien plus rauque qu'elle ne l'aurait voulu.

Un nouveau sourire apparut sur les lèvres de Sebastiano et il rapprocha un peu plus son visage.

— Penser à quoi ?

Mais s'il était agile, elle l'était tout autant et, en un bond souple, elle parvint à sauter hors du lit. Elle saisit son sac à main et se précipita jusqu'à la porte. Le rire moqueur de Sebastiano résonna douloureusement à ses oreilles avant qu'elle ne quitte la pièce.

— Cours, cours, petit lapin. Cours aussi vite et loin que tu le peux. Tu sais que je te rattraperai.

Sebastiano descendit de voiture et leva les yeux vers l'immeuble de bureaux autrefois moderne, qui présentait désormais de sérieux signes d'usure. Un Interphone encastré dans la pierre de la façade affichait la liste des entreprises qui l'occupaient. Il appuya sur le bouton du cabinet Clayton Community Law et s'annonça. La porte bourdonna. Il était attendu.

Un panneau sur le vieil ascenseur indiquait que celui-ci était hors service. Sebastiano monta donc l'escalier jusqu'au troisième étage où Lawrence Clayton, le fondateur du cabinet à la barbe blanche et touffue, l'attendait dans un hall d'accueil délabré.

— Ravi de faire votre connaissance, déclara Sebastiano. Je vous remercie d'avoir accepté de me rencontrer en dehors des heures d'ouverture.

— Croyez-moi, répondit le vieil homme, tout le plaisir est pour moi. Mon bureau est par ici. Je vous en prie, ne faites pas attention à la moquette. Nous espérons toujours la remplacer mais notre budget ne nous le permet jamais.

Le revêtement de sol était si usé que Sebastiano fut certain qu'il était plus âgé que son propre père.

— Je suis sûr que nous pourrons y remédier, annonça-t-il à celui qui avait créé ce cabinet d'avocats à but non lucratif il y a trente ans, et consacré sa vie à fournir des services juridiques gratuits aux personnes qui n'en avaient pas les moyens. J'ai cru comprendre que votre système informatique avait également besoin d'être remis à jour ? ajouta-t-il.

Lawrence ouvrit une porte pour révéler un petit bureau encombré de textes juridiques et d'une montagne de paperasse. Il afficha un air contrit.

— L'envoi de pièces jointes aux tribunaux et aux avocats est notre plus gros problème, confirma-t-il. On finit toujours par y arriver, mais c'est frustrant et cela nous prend un temps précieux qui devrait être consacré à aider nos clients.

Sebastiano prit la chaise inconfortable qui lui était offerte avant d'adresser un sourire au vieil homme.

Layla se traîna hors du lit après une énième excuse pour dormir plus longtemps. Elle prit une douche, se sécha les cheveux et se vêtit d'un pantalon noir moulant, d'un haut crème et noir à rayures horizontales et d'une paire de bottines noires. Après avoir avalé un toast grillé et une tasse de thé, elle sortit dans le petit jardin douillet à l'arrière de la maison pour dire au revoir à sa mère.

Jilly Sansom était à genoux et elle désherbait, tôt le matin, même si ce n'était vraiment pas le bon mot pour décrire la méthode de sa mère pour arracher les plantes indésirables. Elle les trouvait le plus souvent si jolies qu'elle avait tendance à les laisser pousser comme elles voulaient. Quelles que soient ses méthodes, le résultat était incroyable : son jardinet était une oasis de paix, qui flamboyait de couleurs toute l'année. Cet espace était l'œuvre d'amour de sa mère. La plantation de cannabis à côté et la récente explosion de la criminalité dans leur quartier n'avaient aucune importance à ses yeux. Layla était tombée sous le charme d'une maison de banlieue qu'elle avait visitée ce week-end-là, avec un jardin qui, elle en était certaine, plairait à Jilly. Elle avait donc organisé une deuxième visite pour l'emmener la voir et la convaincre de la suivre là-bas.

Jilly rayonna de joie en apercevant sa fille.

— Tu es superbe.

Layla bâilla en souriant. Les yeux de sa mère, si semblables aux siens, débordèrent de compassion.

— Encore une mauvaise nuit ?

Elle haussa les épaules, l'air de dire « Que peut-on y faire ? ».

— Ça finira par s'arranger, répondit-elle.

— Ça s'arrange toujours, acquiesça sa mère avant de sourire de nouveau. Tu as ton passeport ?

— Dans mon sac à main.

Elle s'envolait ce matin pour l'Italie, afin de rencontrer un philanthrope richissime qui souhaitait créer un cabinet d'avocats à but non lucratif calqué sur celui pour lequel elle travaillait, dans l'espoir qu'il fasse un don important à leur propre structure. Layla avait été stupéfaite d'apprendre que l'on faisait appel à elle pour représenter le cabinet.

— Pourquoi moi ? avait-elle demandé le vendredi à Lawrence, le fondateur du cabinet. Je viens à peine d'obtenir mon diplôme.

Plus précisément, cela faisait trois mois que Layla Sansom était devenue avocate.

— C'est pour cela que ça doit être vous, avait rétorqué Lawrence d'un ton sérieux. Vous auriez pu rejoindre n'importe quel autre cabinet mais c'est nous que vous avez choisis. Je sais que, depuis, on a souvent tenté de vous débaucher, mais vous nous êtes restée fidèle.

— Seulement parce que je crois en ce que nous faisons.

— Voilà pourquoi c'est vous qui devez nous représenter : vous êtes passionnée. Vous n'êtes pas encore blasée par notre activité, avait-il achevé avec une grimace.

— Oh ! cela finira bien par arriver un jour.

— Sans doute, avait-il répliqué en riant. Mais en attendant, libérez votre agenda pour lundi.

Après avoir embrassé sa mère et promis de la prévenir dès qu'elle aurait atterri, Layla choisit une veste noire cintrée et se rendit dans le salon pour attendre la voiture qui devait la conduire à l'aéroport. Devant la baie vitrée en verre sécurisé, elle observa des adolescents en uniforme scolaire se diriger vers l'arrêt où elle prenait généralement son bus pour aller travailler. Elle les connaissait pour la plupart depuis leur naissance et en avait même gardé certains, lorsqu'elle était adolescente. Elle les aimait tous, aussi pénibles qu'ils soient, même si la plupart de leurs échanges se résumaient à leur expliquer pourquoi elle n'irait pas leur acheter des cigarettes, de l'alcool ou du cannabis. Pauvres gamins. Elle ne pouvait que prier pour qu'ils restent forts, poursuivent leurs études et quittent le plus tôt possible ce quartier. Prier aussi pour qu'ils restent chez eux, une fois la nuit tombée. Les gens qui erraient dans les rues voisines, le soir, n'étaient pas de ceux qu'on regarde dans les yeux. On ne sortait de sa maison que si on y était obligé, et alors, on gardait la tête baissée et on marchait aussi vite que possible.

Un grand homme aux cheveux noirs apparut de l'autre côté de la rue. Le cœur de Layla fit un bond et elle recula, s'éloignant de la fenêtre, même si son cerveau avait déjà enregistré le fait que ce n'était pas Sebastiano.

Voilà plus de deux semaines qu'elle avait quitté le Diamond Club. Les premiers jours, elle s'était comportée comme une fugitive, regardant constamment par-dessus son épaule. Elle s'en était sortie avec un torticolis, et avait opté pour le bus plutôt que le métro. Même là, dans un transport en commun bondé de monde, elle se sentait constamment exposée, ce qui était absolument ridicule. Jamais un homme comme Sebastiano ne s'abaisserait à prendre le bus !

Elle avait également ajouté des cadenas supplémentaires, à l'entrée et à l'arrière de sa maison, ce qui avait conduit sa mère à se plaindre qu'il lui fallait désormais plus de temps pour fermer à clé que pour se brosser les dents. Même si elle savait au fond d'elle que ces mesures de précaution étaient une perte de temps face à un homme aux ressources illimitées, elles permettaient au moins à Layla de dormir un peu.

Ce qui était encore plus ridicule, c'est qu'elle savait pertinemment que Sebastiano n'allait pas s'introduire chez elle et la kidnapper dans son lit, ni l'enlever dans la rue, ou même la faire descendre d'un bus.

Penser à lui et s'inquiéter constamment de la forme que prendrait sa vengeance l'empêchait de dormir. Elle espérait qu'il attendrait encore quelques mois, pour que son ventre soit visible. Alors, il ne pourrait plus le nier. À trois mois et demi de grossesse, personne ne devinait encore qu'un bébé grandissait en elle. Elle aurait aimé pouvoir mettre un terme à ces fantasmes qui la hantaient sans cesse, alors que son esprit était particulièrement embrouillé par le manque de sommeil : Sebastiano s'approchant d'elle et son regard passant de la colère à l'extase en plongeant sur son ventre.

Malgré tout, elle voulait qu'il désire leur bébé. Et qu'il l'aime. Elle souhaitait que son enfant ait ce qu'elle n'avait jamais eu – un père.

Elle ouvrit sur son téléphone le mail d'une cliente : une femme pauvre, mère de trois jeunes enfants, qui était menacée d'être mise à la porte de son logement pour ne pas avoir payé son loyer après que son mari avait cessé de lui verser une pension alimentaire. C'était pour des personnes comme celles-là que Layla avait choisi ce métier. Des gens qui avaient besoin d'une protection juridique, sans pouvoir se l'offrir. Des gens comme sa mère.

Alors qu'elle envoyait une réponse rassurante à la femme, une voiture imposante aux vitres teintées se gara avec adresse dans le petit espace devant sa maison. Toutes les personnes qui se trouvaient dans la rue ouvrirent des yeux grands comme des soucoupes, face à cette apparition luxueuse.

Ce n'est qu'après avoir verrouillé la porte, quand elle se retrouva dans la rue, que Layla s'aperçut qu'il s'agissait d'une limousine Bentley.

Le chauffeur qui l'attendait lui ouvrit la porte arrière.

L'intérieur de la voiture était aussi luxueux qu'elle l'avait imaginé. Les sièges en cuir couleur crème étaient très doux et les panneaux en bois sombre, soigneusement polis.

— Si vous ouvrez le panneau situé devant vous, vous trouverez des boissons fraîches à votre disposition, annonça le chauffeur dans le haut-parleur.

Les rues de Londres étaient bondées, en ce lundi matin, et tandis que la limousine se frayait un chemin à travers les embouteillages, Layla passa un moment merveilleux à explorer la luxueuse cabine, si bien qu'elle ne comprit qu'elle était conduite dans une autre direction que celle de l'aéroport que lorsqu'elle reconnut les contours emblématiques du gratte-ciel The Shard.

Et juste à cet instant, la limousine entra dans un parking souterrain. Un léger frisson la parcourut.

La voiture s'arrêta. La portière arrière s'ouvrit. Et une grande silhouette en costume gris se glissa à l'intérieur.

— Bonjour, petit lapin.

Une menotte fut passée autour de son poignet avant même qu'elle n'ait eu le temps de crier.

4

Il fallut environ trois secondes à Layla pour comprendre qu'elle venait de tomber dans le piège de Sebastiano et qu'elle était menottée à lui. Trois secondes pour que son instinct de fuite se manifeste, un instinct dont elle savait qu'il serait vain, lorsqu'elle tira sur la poignée de la portière, appuya sur le bouton de la vitre qui ne répondait pas et cria au conducteur de la laisser sortir.

— Il ne t'entend pas, précisa Sebastiano d'une voix douce tandis qu'ils remontaient la rampe et retournaient à la lumière du jour.

Furieuse, elle se tourna vers lui mais, quand elle croisa le regard du père de son bébé, son cœur fit un bond.

Sebastiano lui fit un clin d'œil.

— Ravi de te revoir, Layla.

S'efforçant de reprendre son souffle – exercice rendu plus difficile par le fait qu'à chaque fois qu'elle inspirait, son eau de Cologne la troublait davantage –, elle soutint son regard.

Elle aurait dû s'en douter. Les bienfaiteurs potentiels ne surgissaient pas de nulle part. Le cabinet dans lequel elle travaillait n'était pas assez à la mode pour les attirer. Leurs clients étaient le genre de personnes qui passaient inaperçues, pour la plupart des gens ordinaires qui traversaient une période extrêmement difficile et n'avaient personne d'autre vers qui se tourner. Layla avait commencé chez Clayton dès sa sortie de l'université. Le salaire proposé était si inférieur à celui du marché qu'elle avait été la première diplômée à les approcher. L'argent ne l'intéressait pas et, de toute façon, le salaire de son travail à temps partiel au Diamond Club permettait de compenser ses besoins. Le jour où elle avait obtenu son certificat d'exercice, elle avait reçu une modeste augmentation de salaire reflétant son statut d'avocate pleinement qualifiée, et cette rémunération avait été suffisante pour lui permettre de quitter le club.

Quitter le club, non sans avoir couché d'abord avec son membre le plus sexy.

— Où m'emmènes-tu ? demanda-t-elle sèchement.

— En Sicile.

Elle se redressa d'un coup.

— Tu as perdu la tête ?

— C'est possible. Être enchaîné à un lit pour se faire extorquer cinq millions de livres a le don de rendre un homme un peu... fou.

— « Dérangé » est le mot qui me vient à l'esprit, si tu penses pouvoir me kidnapper et me faire sortir du pays.

— Je t'ai déjà kidnappée, *cara*. Tu as ton passeport. Te faire sortir du pays, c'est la partie la plus facile.

Elle ricana d'un ton moqueur.

— Et que comptes-tu faire si tu parviens à m'emmener en Sicile ? M'enfermer dans un cachot ?

Les yeux de Sebastiano brillèrent.

— Voilà une idée que je pourrais exploiter.

Il souleva son poignet enchaîné à celui de Layla.

— J'ai déjà les menottes. Merci de me les avoir laissées, à ce propos. Espérons que je n'égare pas la clé.

— Je peux la garder pour toi, si tu veux, proposa-t-elle.

Il pencha son visage vers le sien.

— Bien tenté.

Détestant la flamme de désir qui naissait entre ses jambes, elle lui lança un sourire sarcastique.

— Si tu comptes me faire monter clandestinement dans un avion, il va y avoir la question de la sécurité et des détecteurs de métaux à franchir.

Le sourire de Sebastiano la fit de nouveau penser à celui d'un prédateur.

— Je suis certain que tu monteras de plein gré dans mon avion, murmura-t-il d'une voix grave qui la fit frémir.

— Lawrence sait-il ce que tu fais ? demanda-t-elle.

Il se redressa.

— Ton patron pense que je suis ton amant secret.

Sebastiano se délecta de voir la multitude d'émotions qui s'affichaient sur le beau visage de Layla.

C'était assez incroyable de penser que, depuis qu'il avait été enchaîné à un lit et victime de chantage pour lui soutirer une importante somme d'argent, il s'était senti plus vivant que jamais.

Il n'aurait jamais décrit sa vie comme ennuyeuse ou prévisible, mais se faire avoir par la serveuse avec qui il avait couché après deux ans de flirt innocent lui avait donné une poussée d'adrénaline que même une séance d'entraînement intense dans sa salle de sport ne pouvait égaler. Alors qu'après leur nuit ensemble, il s'était impitoyablement interdit de penser à elle, depuis son chantage, il se complaisait dans ses plans de vengeance, et l'image du visage ovale parfait de Layla, de son joli nez, de ses yeux perçants et de son sourire en coin le hantait sans répit.

Il se recula autant que les menottes le lui permettaient pour la contempler. *Dio*, elle était magnifique avec son maquillage discret et ses cheveux blond miel lâchés sur ses épaules qui accentuaient ses pommettes saillantes. Son haut avait légèrement glissé, exposant un peu de son épaule lisse et dévoilant la bretelle d'un soutien-gorge bleu. Il se demanda si sa petite culotte était assortie.

— J'ai appris que Lawrence a été une sorte de mentor pour toi.

Remarquant les poings serrés de la jeune femme, il ne put s'empêcher d'ajouter avec compassion :

— Ne t'inquiète pas, aucun mal ne lui a été fait pour préparer ma vengeance.

Layla ferma les yeux dans une tentative vaine de canaliser la fureur qui bouillonnait en elle.

— Tu n'avais aucun droit de l'entraîner dans cette histoire, lança-t-elle. C'est un homme adorable qui a voué sa vie à aider les autres. Il sera horrifié, lorsqu'il apprendra que tu l'as piégé.

Lawrence était ce qui se rapprochait le plus d'un père, pour elle.

— Il n'apprendra la vérité que si tu la lui dis. Et qu'aurais-tu préféré ? Que j'utilise ta mère, pour t'atteindre ?

L'évocation de Jilly serra la poitrine de Layla.

— J'y ai pensé, reprit-il. Mais ensuite, je suis allé au café où elle travaille et...

Elle faillit bondir de son siège sous l'effet du choc.

— Tu as suivi ma mère ?

L'air pensif de Sebastiano s'accentua.

— Je n'appellerais pas cela suivre. Plutôt surveiller l'ennemi.

— Tu es vraiment un porc.

— Les porcs sont des créatures très intelligentes et bien plus hygiéniques qu'on ne le croit, alors je vais prendre ça pour un compliment.

— Ma mère n'est l'ennemi de personne.

— L'ayant rencontrée, je comprends ce que tu veux dire. C'est une belle femme. Elle pourrait presque être ta grande sœur, en plus discrète.

Si le poignet gauche de Layla n'avait pas été menotté au poignet droit de Sebastiano, elle lui aurait balancé son bras dans le ventre de toutes ses forces. Cette ordure semblait savourer chaque seconde de ce moment.

— Comment a-t-elle pris la nouvelle, lorsqu'elle a appris qu'elle allait être grand-mère à quarante-quatre ans ?

Il fallut un instant à Layla pour intégrer ce qu'il venait de dire.

— Tu as enquêté sur elle ?

— Pas personnellement. Alors, comment a-t-elle réagi, pour le bébé ?

— Ça veut dire quoi, pas personnellement ?

— Ça veut dire que j'ai embauché des enquêteurs pour le faire et oui, avant que tu ne me le demandes, j'ai fait mener une enquête sur l'ensemble de ton entourage. Alors tu peux maintenant répondre à ma question : qu'a-t-elle dit pour le bébé ? J'imagine que tu lui en as parlé.

— Bien sûr. Et elle l'a pris bien mieux que toi.

— Donc, tu continues à t'accrocher à cette fable ?

— Donc, tu es toujours dans le déni ?

Il rit.

— *Cara*, nous savons toi et moi qu'il n'y a pas de bébé. Pas de moi, en tout cas. Tu as couché avec moi. Tu es retournée dans ce quartier mal famé où tu vis – oui, j'y ai fait un tour – et tu as compris que je pouvais être ton ticket de sortie.

Au départ, Sebastiano était convaincu que Layla avait tout planifié, de leur liaison insensée au chantage. Puis, tout ce qu'il avait appris grâce à son enquête l'avait fait changer d'avis. En parcourant le rapport, il avait été stupéfait. Il ignorait que, depuis qu'il la connaissait, Layla travaillait pour un cabinet d'avocats, acquérant ainsi l'expérience et les qualifications nécessaires pour devenir avocate à part entière. Il avait ensuite surmonté un désarroi plus profond : le cabinet pour lequel elle travaillait était une organisation caritative, offrant à ses avocats les salaires les plus bas de toute la capitale anglaise. Après tout, s'était-il dit, l'histoire est jonchée de personnes apparemment bonnes, chargées de sombres secrets. Personne n'est entièrement pur.

La démission de Layla du Diamond Club coïncidait avec l'obtention de son diplôme d'avocate, ce qui suggérait que son chantage était davantage opportuniste que planifié.

— Tu penses vraiment que je choisirais un homme comme toi, pour m'entretenir ? demanda-t-elle. Reste dans le déni autant qu'il te plaira, mais je suis...

Il posa un doigt sur ses lèvres pour la faire taire.

— Cesse ces bavardages enfantins. Tu as cinq millions de livres sur ton compte en banque et, une fois que nous serons mariés, je transférerai le même montant sur le compte de ton cabinet. Une nuit de travail t'aura rapporté dix millions, alors je pense qu'il est temps de me témoigner un peu de gratitude.

Le choc qui s'afficha sur le visage de la jeune femme était vraiment délicieux. Elle s'écarta afin de dégager le doigt de Sebastiano de sa bouche.

— Que viens-tu de dire ? bredouilla-t-elle.

— Beaucoup de choses, mais je suppose que c'est à la partie qui concerne le mariage que tu fais allusion ?

Elle le regarda en ouvrant des yeux grands comme des soucoupes.

— Tu as vraiment perdu la tête.

— Je ne me suis jamais senti aussi sain d'esprit.

À sa grande surprise, il s'aperçut qu'ils venaient d'entrer dans la zone réservée aux voyageurs privés. Il n'avait même pas fait attention à leur trajet.

— Nous nous marierons samedi, et tu utiliseras tes excellents talents de comédienne pour jouer les amoureuses éperdues, sinon je ne détruirai pas seulement ta vie, mais je veillerai personnellement à ce que Lawrence et tout ton cabinet d'avocats soient anéantis.

La seule personne qu'il épargnerait serait la mère de Layla.

La voiture s'arrêta. Sebastiano sortit la clé des menottes de sa poche et les déverrouilla. Puis il se frotta les mains en adressant un sourire à la jeune femme. *Dio*, il savourait sa vengeance. Celle-ci avait un goût aussi sucré que les meilleures fraises de l'été.

— Il est temps d'embarquer à présent. Je ne te forcerai pas à monter dans l'avion, ajouta-t-il en élargissant son sourire. Tu peux aussi tenter ta chance en espérant que je bluffe.

Layla prit place sur le luxueux siège en cuir souple, face à Sebastiano.

— Attache ta ceinture, *cara*, fit-il d'un ton moqueur qu'elle commençait à détester autant qu'elle le haïssait, lui. Et ce n'est pas une façon de regarder son fiancé. N'oublie pas : amoureuse éperdue.

Elle secoua la tête, mi-furieuse, mi-déconcertée. C'était la fermeté de son regard qui l'avait convaincue qu'il ne bluffait pas, et elle s'était forcée, un pied après l'autre, à monter les marches de l'escalier qui menait à son jet. Il était sincère. Oh ! pas à propos du mariage, cette idée fantaisiste, mais sur le fait qu'il les détruirait, elle et son cabinet d'avocats, si elle n'obtempérait pas.

Sa fureur n'était pas seulement dirigée contre lui, mais aussi contre elle-même. Pour avoir cru pouvoir affronter Sebastiano Russo et s'en sortir indemne. Pour ce désir insatiable qu'il accepte la grossesse et veuille être père. Pour ce désir insatiable de le voir.

Elle leva le menton et plongea ses yeux dans les siens.

— Que comptes-tu me faire, vraiment ?

Les yeux verts de Sebastiano brillèrent.

— Tu penses encore au cachot ?

Elle était tellement furieuse qu'elle faillit éclater en sanglots.

— Arrête.

L'avion se mit à rouler sur la piste. Incapable de soutenir son regard un instant de plus, elle se détourna et fixa le hublot à côté d'elle.

— Nous nous marierons dans ma chapelle privée, samedi après-midi à 14 heures. Toutes les dispositions nécessaires ont été prises.

Le cœur de Layla battait à tout rompre dans sa poitrine, mais c'est l'absence de moquerie dans la voix de Sebastiano qui lui fit comprendre qu'il était sérieux. Quand l'avion s'éleva dans le ciel, elle se tourna vers lui et le seul mot qu'elle parvint à prononcer fut :

— Pourquoi ?

— Parce que j'ai besoin d'une épouse, déclara-t-il avant de marquer une courte pause. En tout cas, d'une diversion publique. Tu te souviens de cette perte d'un milliard dont je t'ai parlé et que tu as voulu utiliser pour m'extorquer ? Eh bien figure-toi qu'un enquêteur d'un journal financier réputé en a eu vent et qu'il compte publier un article à ce sujet. Mon équipe juridique a épuisé les recours pour empêcher sa parution. L'injonction temporaire sera levée demain matin et le journal le publiera aussitôt. Dès que la nouvelle sera connue, je publierai à mon tour une déclaration, annonçant mon mariage avec une avocate anglaise réputée en droit de la famille. C'est une tactique communément appelée « enterrer les mauvaises nouvelles », et quelle meilleure façon d'enterrer une mauvaise nouvelle susceptible de faire couler ma banque, que par le mariage du siècle ? Mon réseau a subtilement laissé entendre aux dirigeants du monde et aux grands entrepreneurs qu'ils devaient être disponibles samedi. Des invitations personnalisées leur seront remises en main propre dans l'heure suivant l'annonce.

Layla ne put s'empêcher de se tourner vers lui, mais elle était trop angoissée pour pouvoir prononcer un seul mot. Comme s'il comprenait son désarroi, Sebastiano lui adressa un sourire compatissant.

— Je sais, reprit-il. Ça fait beaucoup à assimiler.

— Mais pourquoi ? bredouilla-t-elle. Je veux dire… je comprends l'idée du mariage, mais pourquoi… moi ? Je ne suis pas une femme du monde comme celle que tu es censée épouser un jour, et je suis…

— Tu es la meilleure solution, à court terme, coupa-t-il. Tu es inconnue dans mon monde, ce qui ne fera qu'ajouter à l'intérêt. Le principal critère pour l'épouse d'un homme de ma situation est la respectabilité, et, sur le papier, tu l'as. Tu es avocate. Le fait que tu aies été abandonnée par ton père avant ta naissance et que tu aies été élevée par une mère célibataire ne fait qu'accroître l'admiration que les gens auront pour toi, et cela suggère une personne travailleuse et concentrée.

Elle dut s'accrocher aux accoudoirs pour ne pas vaciller. Entendre mentionner l'abandon de son père avec tant de désinvolture dans cette conversation, de la part du père de son enfant à venir, lui fit l'effet d'un coup de couteau dans une plaie encore vive.

— Mon équipe a enquêté sur ton passé, poursuivit-il. Tu n'as jamais commis une seule erreur. Je suis le seul à connaître ta nature sournoise. Nous allons nous marier pour une courte période, le temps que cette histoire soit enterrée, puis nous annoncerons notre séparation. Je vois déjà l'annonce que nous ferons paraître : « Malheureusement, nos engagements professionnels respectifs n'ont pas permis à notre mariage de fonctionner, mais nous nous séparons avec beaucoup d'amour et de respect l'un pour l'autre... » J'ai promis à Lawrence que tu reprendrais le travail dans un mois.

Elle eut un rire plus aigu que d'habitude.

— L'amour et le respect. Maintenant, j'ai vraiment tout entendu.

— J'ai un grand respect pour toi en tant qu'adversaire, *cara*. N'est-ce pas ce qui rendra notre mariage intéressant, au fond ?

— Quoi ? Le fait que tu veuilles te marier avec une femme qui te hait ?

Un frisson de désir parcourut Sebastiano. Le mariage, du moins la naissance d'un héritier, était une idée qui le hantait, depuis qu'il avait repris les rênes de la BRI, cinq ans auparavant. Ses actes avaient autant de poids que ses paroles. Il était impératif qu'il choisisse la bonne épouse. Une femme respectée pour sa propre valeur, capable de ne pas se laisser perturber par les personnalités qu'elle recevait, sachant modérer ses propos, restant à l'écart de tout scandale, et possédant une fortune personnelle. Hélas, toutes les femmes qu'il connaissait et qui correspondaient à ces critères étaient aussi passionnantes qu'une réunion de son conseil d'administration. Layla correspondait aux deux premiers critères. Les menaces qu'il avait fait peser sur son cabinet d'avocats et sur sa vie suffiraient à lui faire respecter les deux autres. Dans la mesure où elle avait déjà prouvé qu'elle était une chercheuse d'or opportuniste et que leur mariage ne serait que de courte durée, le critère final était discutable. Mais le désir qu'elle lui inspirait suffirait à faire de cette courte union un moment plus passionnant que le mariage permanent qu'il contracterait par la suite.

Il la contempla avec une telle intensité que les joues de la jeune femme prirent une teinte délicieusement rosée.

— En public, nous serons le modèle du couple respectable, comme il sied à un dirigeant de banque internationale, déclara-t-il en souriant. Quelle que soit la guerre que nous nous livrons, elle restera entièrement privée.

Layla ne parvenait pas à se calmer. Elle n'avait pu refuser son offre, consciente que, sinon, des centaines de clients seraient privés de leur représentation juridique. Quelle idiote elle avait été ! Le désespoir qui l'avait poussée à vouloir quitter son quartier infesté de criminels l'avait rendue imprudente et maintenant, elle en payait le prix. Il n'y avait que deux brèves lueurs d'espoir dans toute cette histoire, l'une étant que l'argent pour son bébé était déjà assuré, du moins pour l'instant. Elle ne serait pas étonnée que Sebastiano trouve, à terme, un moyen de le lui reprendre. L'autre était que, durant leur court mariage, sa grossesse deviendrait visible et Sebastiano n'aurait d'autre choix que d'affronter la vérité. Il restait donc une chance, même minime, que son bébé ait un père.

Sebastiano s'était retiré dans son bureau, à l'arrière de la cabine, et ne supportant plus de rester une minute de plus perdue dans ses pensées, Layla alla le rejoindre et ouvrit la porte sans frapper. Elle le trouva, perché sur son bureau, en train de parler au téléphone.

— Ma jolie fiancée, dit-il d'un ton nonchalant en reposant son portable. Je te manque déjà ?

Il avait retiré sa veste de costume et retroussé les manches de sa chemise. En voyant ses avant-bras musclés, elle frissonna malgré elle, et fit un pas en arrière pour augmenter la distance qui les séparait.

— J'ai des questions.

— Et tu es venue jusqu'ici pour chercher les réponses ? Comme c'est romantique !

Elle serra les dents sans se laisser démonter.

— Tu étais sérieux quand tu as dit que tu ferais un don de cinq millions à mon cabinet d'avocats ?

— Tu apprendras vite que je suis toujours sérieux, quand j'annonce quelque chose. Si le mariage se déroule comme prévu et que tu joues bien ton rôle, le virement aura lieu dès dimanche.

— Pourquoi ferais-tu une chose pareille ?

— Tout bon chien mérite un os.

Son indignation fut telle qu'elle franchit la distance qui les séparait pour frapper du poing sa poitrine.

— Comment oses-tu ?

Mais la large main de Sebastiano lui saisit le poignet, la coupant dans sa colère et, en une seconde, Layla se retrouva attirée contre lui, coincée entre ses cuisses.

— J'ai sans doute mérité cette réaction, admit-il. Mais gardons les choses coquines pour la chambre.

Son visage était si proche du sien que son haleine parfumée au café effleura les lèvres de Layla. À sa plus grande horreur, une sensation de chaleur se répandit dans son corps, et lorsqu'il lui caressa les cheveux de la main qui n'entourait pas son poignet, elle fut incapable de retenir un frisson de plaisir.

— Je retire mon accusation de porc, dit-elle d'une voix rauque en s'efforçant de détourner les yeux de ce regard vert hypnotique. En vérité, tu n'es qu'un salaud.

Il eut un sourire follement sensuel et, relâchant son poignet, il fit glisser sa main jusqu'à un de ses seins pour pincer un téton, déjà durci. Puis, il se pencha dangereusement jusqu'à ce que leurs lèvres se frôlent.

— Et qu'est-ce que cela dit de toi, le fait qu'un salaud comme moi te fasse fondre entièrement ?

Et sur ces mots, il plaqua sa bouche contre la sienne.

5

Layla s'abandonna à la chaleur brûlante du baiser de Sebastiano. L'espace d'un instant grisant, elle le lui rendit, enroulant les bras autour de son cou et glissant les doigts dans ses cheveux tandis que leurs bouches se rejoignaient dans un duel affamé de langues et de dents qui s'entrechoquent. Ses seins douloureux – elle n'avait même pas réalisé à quel point ils lui faisaient mal avant qu'il ne les touche – étaient comprimés contre son torse dur.

Pendant ces quelques secondes envoûtantes, elle se débarrassa de l'angoisse qui l'avait habitée pendant tous ces mois, se noyant dans la sensation, le goût et l'odeur de l'homme avec qui elle avait dansé dans le feu…

Et qui l'avait brûlée et réduite en cendres.

Enfonçant fermement les ongles dans son crâne, elle l'embrassa encore plus fort, désirant qu'il ressente une fraction de la souffrance que le fait de les avoir rejetés, elle et la vie qu'ils avaient créée, avait provoquée dans son cœur. Puis elle s'écarta de sa bouche.

— Refais ça et je te mords la langue, cracha-t-elle.

Sebastiano essaya de réfléchir à une réplique cinglante, mais son esprit était momentanément hors service. C'est ce qui s'était produit lors de la nuit qu'ils avaient passée ensemble. Une capitulation totale de son corps, face aux plaisirs sensuels que lui offrait Layla. Cette reddition avait été si totale que, lorsqu'il avait enfin réussi à s'arracher à elle, il avait eu la sensation que, s'il ne pouvait plus être avec elle, sa vie telle qu'il la connaissait serait terminée. Il serait fini.

Il avait quitté sa suite au Diamond Club avec la ferme intention d'être de retour dans ses bras à la tombée de la nuit.

C'est en milieu d'après-midi, assis avec le gouverneur de la Banque d'Angleterre, à peine capable de se concentrer sur cette réunion essentielle, que la raison avait chassé le brouillard euphorique de leurs ébats amoureux. Ou sexuels, ainsi que son cerveau affûté les avait rapidement rebaptisés.

En repartant, il était monté à l'arrière de sa voiture et avait ordonné à son chauffeur de le conduire à l'aéroport.

Le lendemain soir, un message de Layla lui était parvenu. Il l'avait lu, la poitrine pleine d'une émotion qu'il ne pouvait discerner, mais contre laquelle toutes les fibres de son corps s'étaient rétractées, et il avait failli jeter son téléphone dans la piscine. Au lieu de cela, il avait fait le choix moins extrême de bloquer son numéro. Il ne se souvenait plus vraiment de la raison pour laquelle il avait fait cela, si ce n'est sa ferme conviction qu'une nuit de sexe intense avec une serveuse ne devait pas faire perdre la tête à un homme. Quoi qu'il en soit, il s'était senti bien mieux après. Au fond, peut-être avait-il deviné son opportunisme. Ça devait être ça. Un sixième sens inavoué l'avait averti que Layla allait lui attirer des ennuis.

Et voilà qu'un seul baiser le plongeait de nouveau dans cet état de brouillard. La différence, maintenant, c'était qu'il allait l'épouser et avoir le luxe de savourer cette capitulation. Tant que durerait leur mariage, il partagerait un lit avec la femme la plus sexy du monde. Plongé dans ses yeux furieux couleur myosotis, il rit doucement.

— Et te priver du plaisir que tu en tirerais ?

Une foule d'émotions contradictoires flottaient sur le magnifique visage de sa fiancée, et c'était merveilleux de la contempler. Elle était un feu incandescent. Et elle était à lui.

— Si tu penses que tout cela va se reproduire, tu es très loin du compte.

— Tu crois pouvoir résister à l'alchimie qu'il y a entre nous ?

— Cette alchimie n'existe que dans ta tête.

— Nous verrons cela quand tu partageras mon lit.

— Ça n'arrivera jamais, lança-t-elle.

— Tu le partageras durant toute la durée de notre mariage, sinon le contrat est nul.

La colère lui fit monter le rouge aux joues.

— C'est hors de question !

— Nous devons être convaincants, *cara*. J'ai beaucoup de personnel chez moi et, même si je leur fais confiance, la discrétion a des limites. Des paroles inconsidérées coûtent des vies... ou, dans mon cas, des entreprises. Je t'épouse pour distraire le monde de ma stupide erreur et il faut que ce soit convaincant, sinon cela se retournera contre moi. Tu partageras donc mon lit.

Devant son air révolté, il sourit et ajouta :

— Je vais conclure un marché avec toi. En tant qu'épouse, tu seras obligée de m'embrasser et de me témoigner de l'affection en public, mais si je te fais des avances dans l'intimité de notre chambre, tu auras le droit de me mordre la langue. Ça te va ?

Elle parvint à hocher la tête.

— Et pour te prouver ma raison et ma bonne foi, lorsque ce sera toi qui me feras des avances, je te promets de te laisser faire sans effusion de sang, compléta-t-il.

— Jamais, murmura-t-elle, le souffle court.

Sebastiano rapprocha son visage du sien et dit à voix basse :

— Si l'idée te répugne autant, pourquoi ta main est-elle encore enfoncée dans mes cheveux ?

Folle de rage et de confusion, elle retira ses doigts de ses cheveux noirs soyeux. Il éclata de rire et posa une main sur sa hanche pour la faire reculer doucement.

— Nous allons bientôt atterrir. Il est temps de regagner nos places.

Et, sous son regard indigné, il se leva et retourna nonchalamment jusqu'à son siège.

Layla s'attendait à ce que la villa de Sebastiano soit splendide. Après tout, il était l'un des hommes les plus riches du monde, mais quelle ne fut pas sa surprise, lorsque leur limousine quitta les rues colorées de Palerme pour s'enfoncer dans la campagne sicilienne, de voir bientôt se profiler devant eux un véritable palais baroque.

— C'est à toi ? s'exclama-t-elle sans pouvoir s'en empêcher, rompant le vœu de silence qu'elle s'était imposé depuis l'atterrissage.

— Oui, confirma-t-il en souriant.

— Mais ce n'est pas une villa, c'est un palais !

Il rit doucement.

— Pas tout à fait. La demeure a été construite au début du XVIIIe siècle pour un comte italien, mais c'est bel et bien une villa. Elle a été abandonnée pendant des décennies. Je l'ai achetée il y a cinq ans. La rénovation de la maison principale est terminée, mais il reste plusieurs cottages d'invités à achever.

La longue allée était bordée d'une vaste pelouse paysagée, d'un vert si dense et tellement vaste qu'elle lui rappela les jardins des châteaux anglais qu'elle avait visités avec sa mère au fil des ans. Plus ils s'en approchaient, plus la beauté de la villa se révélait. Les murs étaient peints d'un blanc immaculé, les hautes fenêtres étaient à guillotine, et le toit avait des teintes ocre magnifiques.

— Combien y a-t-il de chambres ?

— Quatorze dans la villa principale, mais les cottages et les pavillons des invités peuvent accueillir trente personnes supplémentaires. Le personnel dispose de ses propres logements.

Elle le regarda, stupéfaite.

— Tout cela pour un seul homme ?

— Un jour, ce sera une maison remplie d'enfants.

Le fait que la famille qu'il évoque n'inclue pas son propre

bébé lui fit mal. Elle s'efforça de ne pas le montrer et demanda d'un ton léger :

— Puis-je réserver une chambre pour notre enfant, alors ?

— Bien sûr, choisis celle que tu voudras pour ton bébé imaginaire.

— Va m'acheter un test de grossesse, lança-t-elle impulsivement. Tu verras bien que je suis enceinte.

— Tu es tenace, je te l'accorde, fit-il en riant. Mais s'il s'avère que le test est positif, tu ne peux pas t'attendre à ce que je revendique sa paternité, n'est-ce pas ?

Elle aurait pu hurler.

— Tu es incroyable.

— Merci.

— Ce n'était pas un compliment.

— Je sais.

— J'ai déjà l'argent, reprit-elle. Pourquoi aurais-je besoin de mentir ?

— Parce qu'admettre la vérité reviendrait à reconnaître le mensonge, et, avant que tu ne recommences à me crier dessus, nous allons bientôt entrer, alors j'ai besoin que tu t'entraînes à afficher un visage amoureux.

— Tu vas être père ! Nous avons créé une vie ensemble ! Comment peux-tu t'attendre à ce que je me promène avec un air d'adoration dans la maison que tu comptes remplir de bébés d'une autre femme alors que tu refuses obstinément d'accepter que tu as déjà un enfant en route avec moi ?

Un avertissement soudain jaillit des yeux verts de Sebastiano, et toute trace d'amusement disparut de son visage.

— Ne me teste pas, Layla. Il y a des membres de mon équipe à qui je confierais ma vie, mais nous savons tous deux que tout le monde a un prix. Je ne veux pas détruire un cabinet d'avocats caritatif qui fait tant de bien, alors ne me mets pas dans cette situation.

Serrant les poings, les dents serrées, elle laissa échapper sa frustration en un long cri accompagné d'un trépignement impatient. Puis elle expira lentement, se redressa et sourit.

— Allons-y, « mon chéri », murmura-t-elle. J'ai hâte de découvrir cette maison où nous allons être si heureux.

Les yeux de Sebastiano se plissèrent avant qu'une lueur amusée n'y brille à nouveau.

— Ce n'était pas trop douloureux ?

Sans se départir de son sourire, elle hocha la tête d'un air radieux.

— Si.

— Pauvre Layla, fit-il avant de frapper un coup sur sa portière qui s'ouvrit aussitôt.

Une fois Sebastiano sorti du véhicule, Layla accepta sa main tendue.

— Merci, « mon chéri ».

Il porta sa main à ses lèvres.

— *Il piacere e tutto mio.*

Elle lui lança un regard éperdu d'amour.

— Je n'ai aucune idée de ce que tu viens de dire, mais je suis certaine que c'était merveilleusement romantique.

— Merveilleusement, confirma-t-il. Je peux t'apprendre ma langue, si tu veux.

— J'en serais ravie, roucoula-t-elle en portant la main à son cœur.

Il éclata de rire, lui caressa la joue et murmura :

— On peut peut-être baisser d'un ton.

Layla couvrit sa main et regarda Sebastiano dans les yeux d'un air rêveur.

— C'est trop ?

L'amusement encore perceptible sur son visage, il glissa ses doigts dans les siens et la conduisit à travers la magnifique entrée voûtée, flanquée de statues de marbre.

Le soleil sicilien de ce milieu d'après-midi était bien plus chaud que celui qu'ils avaient laissé derrière eux à Londres.

Elle apprécia la fraîcheur de la salle de réception, et plus encore le jus d'orange frais servi par un homme d'âge mûr, élégamment vêtu, car cela lui donna une raison légitime de détacher ses doigts de ceux de Sebastiano.

Serrant fermement son verre, elle traversa à ses côtés des pièces aux dimensions majestueuses, aux hauts plafonds ornés de fresques dorées, et elle s'efforça d'ignorer la sensation qui la parcourait à la pensée d'être aussi proche de lui.

— Ce n'est pas du tout ce à quoi je m'attendais, avoua-t-elle en entrant dans une salle à manger si vaste qu'elle aurait pu contenir tout son cabinet d'avocats, ainsi que ses clients.

— À quoi t'attendais-tu ?

Elle haussa les épaules.

— À quelque chose de plus moderne. J'ai l'impression d'avoir remonté le temps, et quand je compare ce lieu à ta suite au Diamond Club...

— Tout a été rénové avec goût, ici, répondit-il. Pourquoi acheter une villa royale, si c'est pour la transformer en salle de jeux ?

— Le bâtiment du Diamond Club est également ancien mais ça ne t'a pas empêché de le faire, pour ta suite.

— C'est parce que j'utilise cet endroit comme une salle de loisirs. Un lieu où je peux déconnecter et recevoir mes véritables amis, alors qu'ici... Tout comme je suis l'image publique de ma banque, cet endroit est mon image publique, à moi. C'est une villa qui correspond à mon statut et qui suggère richesse, goût, compétences et sérieux.

Elle eut un petit rire et il esquissa un sourire ironique.

— Je dirige une banque qui gère plusieurs milliards d'euros, *cara*. C'est ici que je reçois les plus grands dirigeants du monde.

— Alors, pas de baby-foot entre ces murs ?

— L'image est tout, dans mon monde. Laisse-moi te montrer la salle de bal où nous organiserons notre réception de mariage. Tu pourras ensuite aller te rafraîchir et te changer.

— Je n'ai rien, pour cela.

— Tu n'as pas encore remarqué que je pense toujours à tout ?

— Sauf à une contraception efficace, fit-elle remarquer.

L'agacement qui s'emparait de Sebastiano chaque fois qu'elle évoquait cette prétendue grossesse fut atténué par sa réplique cinglante qui l'amusa.

La beauté lumineuse de Layla avait été la première chose qu'il avait remarquée chez elle, les années révélant un esprit subtil qui ne se manifestait que lorsqu'ils étaient seuls. Ce n'est qu'en repensant à ces heures passées ensemble qu'il s'aperçut combien il s'était confié à elle – sans qu'elle ne révèle jamais quoi que ce soit sur elle. Il ne lui avait pas posé de questions. Il n'avait jamais voulu savoir. Layla était son plaisir secret, une serveuse belle et sexy qui écoutait attentivement sans exprimer ses propres opinions. C'est cette discrétion qui lui avait fait croire qu'elle écoutait sans comprendre.

Il avait commis l'erreur fatale de la sous-estimer. Il avait oublié qu'elle était payée pour le servir. Pour se fondre dans le décor et répondre à ses besoins. Et être celle qu'il souhaitait. C'est avec un certain malaise qu'il reconnaissait s'être réjoui qu'elle adopte ce rôle pour lui. Tout comme il s'était délecté de la tension sexuelle croissante qu'il y avait entre eux.

Leur nuit de sexe l'avait époustouflé. Il savait qu'ils seraient bien ensemble, mais il n'aurait pas pu deviner à quel point ce serait extraordinaire. Pas seulement le sexe, mais aussi les rires qui l'accompagnaient. Ce n'était qu'à présent qu'il voyait la vraie Layla. Une beauté fougueuse et vive d'esprit. Il ne pouvait qu'imaginer la retenue dont elle avait dû faire preuve, toutes ces années, pour ne pas laisser tomber son masque lorsqu'elle travaillait au club.

— Je suis un homme très riche, *cara*, répondit-il. Et je peux t'assurer que je n'achète que le meilleur en matière de contraception.

Rien, lors de leur nuit passée, ne laissait penser que leur protection n'avait pas été optimale. Certes, il y avait eu quelques moments brumeux, durant lesquels il avait eu le sentiment de perdre pied, mais à aucun moment il n'avait omis de porter un préservatif.

Et pourtant...

Il chassa le doute qui le tiraillait aussi impitoyablement qu'il l'avait toujours fait.

— Dans ce cas, rétorqua-t-elle sans se départir de son sourire, je peux t'assurer que tu devrais exiger un remboursement.

Layla suivit Sebastiano dans un grand escalier en marbre, digne d'un palais de conte de fées.

Subjuguée par la beauté des lieux, elle l'écouta d'un air distrait.

— Une équipe de stylistes est en route. Ils apporteront une sélection de vêtements pour déterminer le style qui te plaît et convenir d'une nouvelle garde-robe.

— Convenable, j'imagine ? suggéra-t-elle en tendant le cou pour admirer la mezzanine spectaculaire vers laquelle menait l'escalier.

— Convenable pour l'épouse de Sebastiano Russo.

— Tu parles de toi à la troisième personne ?

— Le Sebastiano Russo public est un personnage à part entière.

— Et tu attends de moi que j'en crée un assorti, pour jouer le rôle de ton épouse ?

— Ce sera facile, pour toi. Tu as déjà eu l'occasion de prouver à quel point tu es une artiste accomplie. L'équipe sera là dans l'heure. Une fois le mariage annoncé, ils reviendront pour créer ta robe de mariée.

Il se tourna vers elle et afficha un air empreint de regret.

— Je sais que tu auras de la peine de l'apprendre, mais nous allons être tous deux très occupés avant la cérémonie, et tu ne me verras presque pas avant le grand jour.

— Oh ! comme c'est triste ! s'exclama Layla, au moment où ils passaient devant une chambre ouverte dans laquelle deux domestiques s'affairaient à préparer un lit à baldaquin.

Les yeux verts de Sebastiano brillèrent de cette lueur qui l'exaspérait tant, mais qui faisait battre son cœur plus fort.

— Rassure-toi, tu auras le plaisir de ma compagnie tous les soirs, dans notre lit.

Flairant une occasion en or, Layla porta la main à son cœur en battant des cils.

— Oh ! mon chéri, je ne voudrais pas créer de scandale en partageant ton lit hors mariage. Pourquoi ne pas faire plutôt chambre à part, jusqu'à la cérémonie ?

Ils avaient atteint le bout de la mezzanine. Sebastiano s'adossa à une colonne en marbre et il lui caressa la joue.

— Tu es si attentionnée. Mais notre chambre a déjà été préparée.

Elle couvrit affectueusement la main posée sur sa joue et elle y enfonça les ongles.

— Dans ce cas, je vais demander à l'équipe de stylistes de me confectionner un pyjama combinaison.

Il fronça les sourcils, l'air toujours aussi amusé.

— L'image, *cara*, l'image, chuchota-t-il. Que penseront les gens si tu portes une combinaison au lit ? Tu trouveras une sélection de lingerie et de chemises de nuit déjà déballées dans ton dressing. Viens, je vais te montrer.

Sur ces mots, il ouvrit la porte d'une chambre à la décoration résolument masculine, d'un vert profond, avec des motifs gravés à la feuille d'or sur les murs et le plafond. Les épais rideaux étaient vert foncé et le mobilier, en bois sombre. Il y avait un énorme lit à baldaquin, orné de rideaux. Si la pièce n'avait pas été si vaste et si la lumière n'avait pas pénétré à flots par les trois fenêtres à guillotine qui couraient du sol au plafond, Layla l'aurait trouvée oppressante. Sa première impression fut qu'elle était magnifique. Mais son réflexe fut de reculer et de rester sur le seuil.

— Tu aimes ? demanda-t-il, dans son dos.

Elle avait du mal à détourner son regard du lit. Elle imaginait Sebastiano allongé dessus, nu, lui faisant signe d'approcher, une lueur sensuelle au fond des yeux. Une flamme de désir naquit entre ses cuisses, mais, consciente de la présence des femmes de chambre juste à côté, elle parvint à s'arracher à sa contemplation.

— Un peu sombre à mon goût, mais ça te va parfaitement, parvint-elle à répondre d'une voix rauque.

Soudain, des mains agrippèrent ses bras et elle sentit le corps ferme et chaud de Sebastiano se presser contre elle. Un souffle chaud tourbillonna dans ses cheveux, comme s'il la respirait, avant que ses lèvres ne touchent le bord de son oreille. Ses doigts vinrent effleurer la pointe durcie de ses seins quand il murmura :

— Dis-moi que tu n'imagines pas déjà partager ce lit avec moi.

6

En sentant le sexe dur de Sebastiano se presser contre ses fesses, Layla crut défaillir sous l'effet d'un désir puissant. Elle se cambra, folle d'envie que ses mains viennent pétrir ses seins, et elle ressentit le besoin irrésistible de basculer la tête en arrière. Il lui fallut mobiliser toutes ses forces pour réussir à s'avancer dans la chambre et à échapper à son emprise envoûtante.

Elle s'approcha d'une fenêtre et contempla la vue la plus spectaculaire qui lui avait été donné de voir. Puis elle prit une grande inspiration.

— Ferme la porte.

L'ordre essoufflé de Layla accentua le désir brutal qui le torturait. *Dio*, Sebastiano avait le sentiment d'avoir été excité dès l'instant où il avait ouvert les yeux, ce matin. La certitude qu'il terminerait sa journée avec Layla Sansom allongée à ses côtés avait envahi son esprit, avant même que les rêves du sommeil ne se dissipent. Et maintenant, elle était là. Elle allait payer sa dette envers lui en détournant l'attention du monde sur la bêtise qu'il avait commise, grâce à un mariage qui serait court, mais des plus agréables. Elle se retourna avant qu'il ne la rejoigne.

— Tu as dit que la chambre serait un endroit sûr, loin de tes mains baladeuses, alors recule.

— Ce n'est pas exactement ce que j'ai dit, réfuta-t-il en levant les mains.

— L'intention était la même, alors garde tes distances.

— De quoi as-tu peur, *cara* ? De ne pas réussir à te retenir ?

Une flamme brilla dans ses yeux myosotis.

— On t'a déjà dit que tu es magnifique, quand tu es en colère ?

— On t'a déjà conseillé de faire appel à de nouvelles répliques ? Parce que celle-là est vraiment nulle.

— Aussi agréable que ce soit de ressentir la passion que tu éprouves pour moi, il va falloir que tu la mettes de côté. L'équipe de stylistes va arriver, et tu devras afficher tous les signes d'une femme excitée par la perspective d'un mariage prochain avec l'amour de sa vie. C'est clair ?

Son regard de Méduse ne le quittait pas.

— Tu me l'as déjà dit, répliqua-t-elle. Hors des murs de cette chambre, je suis une amoureuse éperdue.

Elle croisa les bras et se tourna de nouveau vers la fenêtre. Il perçut une pointe de vulnérabilité dans la posture rigide et obstinée de Layla qui, l'espace d'un instant, lui serra le cœur.

Il lui fallut un moment pour se remettre de cette réaction troublante.

— Qui veux-tu faire venir au mariage ? demanda-t-il, debout à côté d'elle, près de la fenêtre.

Déconcertée par ce changement de sujet, Layla se tourna vers lui.

— Il nous reste quatre jours pour tout organiser, reprit-il. Cela paraîtra bizarre si tu n'invites personne.

Layla resta songeuse quelques instants. Il avait raison, même si elle était furieuse de l'admettre. Posant son regard sur la mer d'un bleu profond, juste derrière les arbres qui délimitaient la propriété, elle prit une profonde inspiration.

— Que doit-on raconter au sujet de notre rencontre ?

— Exactement ce que j'ai dit à Lawrence : la vérité. Je t'ai rencontrée au Diamond Club. Nous sommes devenus secrètement amants. Ce n'est qu'après ton départ que je me suis aperçu que j'étais tombé amoureux de toi.

Elle eut le sentiment d'être transpercée d'une lame.

— Je croyais que nous devions raconter la vérité.

— Disons que l'on s'en approche le plus possible pour ne pas se faire prendre en flagrant délit de mensonge.

— Je ne pourrai pas mentir à ma mère, déclara-t-elle en se tournant vers lui. Elle sait déjà, pour toi.

— Que sait-elle ?

— Que tu es le père de mon bébé. Que tu m'as ignorée et que tu as bloqué mon numéro.

Elle haussa les épaules en s'efforçant d'afficher un air nonchalant.

Jamais elle ne lui avouerait le désespoir qu'elle avait ressenti en comprenant qu'il l'avait bloquée et que ses appels et, surtout, son SMS (« Je suis enceinte et j'ai peur, rappelle-moi s'il te plaît ») n'avaient jamais abouti.

Elle était allée retrouver sa mère, blottie sur le canapé devant son feuilleton préféré, son crochet à la main. Jilly avait levé les yeux sur elle et elle avait simplement demandé : « Es-tu prête à me raconter enfin ce qui t'arrive ? »

Ce que Layla avait fait.

— Est-elle au courant, au sujet de l'argent que tu m'as extorqué ?

— Oui. Je ne peux pas lui mentir, Seb.

Elle devina, au mouvement de ses yeux verts, qu'il réfléchissait profondément.

— Peut-on lui faire confiance ?

— Oui. Inutile de brandir une nouvelle menace. Elle jouera son rôle, comme moi. Je mesure ce qui est en jeu si je ne suis pas convaincante. Elle n'en dira mot à personne.

Ses yeux continuaient à la scruter.

— Tu peux lui faire confiance, insista-t-elle, face à son silence.

Il hocha la tête et regarda sa montre.

— Dans ce cas, je vais te croire sur parole. À présent, viens, je vais te montrer ton dressing. J'ai beaucoup à faire.

Layla étant installée dans ses quartiers, accompagnée de l'équipe de stylistes, Sebastiano put enfin se concentrer sur le reste. Le communiqué de presse était prêt, tous les préparatifs du mariage étaient discrètement en cours. Les cadres de la banque, prévenus d'une nouvelle potentiellement préjudiciable, dictaient la ligne officielle… tout était au point. Tout avait été étudié. Chacun savait quel rôle il avait à jouer.

Pour sa famille, ses directeurs et son équipe principale, Sebastiano s'en tenait à la vérité, telle qu'il l'avait expliquée à Layla. Aucun d'eux ne devait apprendre qu'il avait dû les menacer, elle et son cabinet d'avocats, pour obtenir son accord. Et s'il s'avérait qu'elle était vraiment enceinte…

Eh bien, cela servirait à quelque chose, mais il refusait d'y penser, alors que le doute qui le tiraillait était de plus en plus fort, maintenant qu'elle était enfin là, avec lui.

Il pouvait observer ses mouvements gracieux. Plonger son regard dans ses yeux myosotis dont l'expression passait parfois du désir le plus pur à la fureur en un clin d'œil.

L'expression qu'elle affichait lorsque le majordome la fit entrer dans la petite salle à manger où il l'attendait reflétait parfaitement l'air d'adoration qu'il exigeait d'elle.

Il se leva pour l'accueillir.

Son caméléon avait bien changé. Le pantalon et le haut moulants, sexy mais simples, avaient été remplacés par une robe dos nu colorée qui descendait jusqu'à mi-cuisse et mettait en valeur ses jambes fabuleuses qu'il admirait depuis si longtemps. Ses longs cheveux avaient été relevés en un chignon lâche, des mèches encadrant son visage ; de grandes boucles d'oreilles en or et un épais bracelet de style égyptien ornaient sa peau. Il ressentit une pointe de satisfaction : la vaste gamme de bijoux qu'il lui avait fait livrer contenait des articles qui lui allaient très bien.

Elle se rapprocha de lui, enveloppant ses sens d'un nuage de parfum sensuel. Il avait fait apporter trente fragrances, espérant qu'elle en aime au moins une. Celle qu'elle avait choisie donnait à Sebastiano envie de la respirer directement sur sa peau.

Ce n'est que lorsqu'elle posa une main sur son épaule qu'il vit le défi qui brillait dans ses yeux.

— Bonsoir mon chéri, dit-elle d'une voix haletante avant de se hisser sur la pointe des pieds pour l'embrasser.

Pas un bref baiser de bienvenue, mais une étreinte profonde et sensuelle qui le prit au dépourvu. Lorsqu'elle la rompit, elle fit une moue boudeuse, lui adressa un clin d'œil, puis se glissa dans le fauteuil à côté du sien, que le majordome lui avait préparé. La sérénité, tant dans sa posture que dans ses gestes, aurait fait rire Sebastiano s'il ne luttait pas autant pour masquer le désir violent qui le tenait.

— Je crois que je préfère cette salle à manger à celle que tu m'as montrée tout à l'heure, commenta-t-elle joyeusement. Elle est plus intime.

Il s'éclaircit la gorge avant de répondre.

— Celle-ci est pour mon usage personnel. Je me sers de l'autre pour recevoir.

Un domestique se pencha pour leur servir du vin, mais elle couvrit son verre de la main.

— Juste de l'eau pour moi, merci.

Leur repas leur fut servi et Sebastiano congédia le personnel, si bien qu'ils étaient de nouveau seuls.

Il prit une gorgée de vin et lui tendit une grande enveloppe.

— Notre contrat de mariage, précisa-t-il.

Elle soupira rêveusement en la prenant.

— Tu es un romantique dans l'âme.

— Je suis sicilien. Le romantisme coule dans mes veines.

L'expression rêveuse ne se dissipa pas.

— Et moi qui croyais que c'était seulement la vengeance.

— Nous sommes un peuple de passion sous toutes ses formes.

Il lui tendit un stylo.

— Il n'y aura aucune négociation sur le contenu. Je n'exige que ta signature.

— Je ne doute pas que ce document témoigne de ta générosité, répliqua-t-elle en sortant le contrat de l'enveloppe. Toutefois, je serais une piètre avocate si je le signais sans l'avoir lu au préalable. De plus, j'ai hâte de savoir quelle part de mon immense fortune je devrai te reverser lorsque nous nous séparerons.

Son irrévérence pleine d'esprit le fit rire, et, tandis qu'il la regardait lire, tout en se régalant de *pollo ai funghi*, il se demanda à nouveau comment elle était arrivée à cacher cette facette de sa personnalité, lorsqu'elle travaillait au club. Mais à mesure que Layla lisait, sa sérénité s'évanouit peu à peu, jusqu'à ce qu'elle le regarde d'un air grave.

— Je ne peux pas signer ça. C'est...

— Ce n'est pas négociable, coupa-t-il.

— Le contrat stipule que, si nous divorçons dans un an, tu me verseras cinquante millions d'euros ? Sebastiano, tu m'obliges à t'épouser en guise de punition, alors pourquoi... ?

— Je ne peux pas donner l'impression de te verser moins que si c'était un vrai mariage.

Les épaules de Layla s'affaissèrent légèrement, avant qu'elle ne relève le menton.

— Et la clause concernant les enfants...

— Encore une fois, rien de moins que ce à quoi on pourrait s'attendre dans le cas d'un mariage réel. Et je le répète, ce n'est pas négociable. Signe-le, ou l'affaire est annulée.

Le regard de Layla soutint le sien, et il vit briller une lueur pensive dans les iris myosotis, avant qu'elle ne prenne le stylo et se décide à signer.

Il hocha la tête et s'essuya la bouche avec une serviette.

— Qui aurait cru que le chantage soit si lucratif ? Maintenant, si tu veux bien m'excuser, j'ai une visioconférence avec Munich. On se retrouve ce soir, au lit.

Avant sa nuit avec Sebastiano, Layla avait toujours bien dormi. Depuis, son sommeil était devenu irrégulier, se transformant en insomnie généralisée à partir du moment où elle l'avait fait chanter. La dernière chose à laquelle elle s'attendait, après avoir fouillé dans son dressing à la recherche de la chemise de nuit la moins sexy possible, était de s'endormir, à peine sa tête posée sur l'oreiller.

Elle dormit si profondément qu'en ouvrant les yeux, elle fut désorientée de trouver une lumière pâle et Sebastiano, debout de l'autre côté du lit. Il faisait défiler les pages de son téléphone, vêtu d'un pantalon bleu marine et d'une chemise bleu pâle.

Son cœur se serra et il dut remarquer son désarroi, car un sourire ironique éclaira son beau visage.

— Ah, la Belle au bois dormant est enfin réveillée.

— C'est le matin ? murmura-t-elle.

— Il est 8 heures.

Elle eut du mal à y croire. La dernière fois qu'elle avait consulté son téléphone, après le long appel vidéo avec sa mère où elle lui avait tout raconté, il était 22 h 30. Layla s'était blottie sous les couvertures, juste après lui avoir dit au revoir.

— Je pensais que tu m'attendrais avec un Taser à la main quand je suis remonté, mais tu n'étais plus parmi nous, expliqua-t-il avant de se pencher vers elle. Sais-tu que tu parles en dormant ?

Elle sentit ses joues la brûler et agrippa les draps.

— Surtout des marmonnements, rassure-toi, ajouta-t-il avec un clin d'œil avant de venir s'asseoir sur le bord du lit, à côté d'elle.

Les sens de Layla furent aussitôt submergés par sa présence magnétique et son parfum d'homme fraîchement douché. Quand leurs yeux se croisèrent, l'espace d'un instant, elle eut l'envie folle qu'il arrache ses draps. Elle les serra plus fort, par réflexe, et, au sourire qu'il lui adressa, elle sut qu'il avait deviné ses pensées.

— J'ai besoin que tu te lèves et que tu t'habilles.

Alors qu'elle n'attendait qu'une chose, qu'il se jette sur elle et la déshabille, il lui demandait précisément le contraire. Voilà qui était déstabilisant…

— La journée va être comme des montagnes russes pour nous, lui rappela-t-il.

C'est vrai, ce mariage était une vengeance. Vengeance et sauvegarde de réputation. Ce n'était que cela. Rien à voir avec le bébé qui grandissait en elle et qu'ils avaient conçu ensemble. Elle devait s'en souvenir.

— L'article sur toi est déjà en ligne ?

Il secoua la tête.

— Non, mais je sais de source sûre qu'il le sera avant 11 heures. Nous allons lui laisser dix minutes, afin que les gens le remarquent et le partagent, puis nous annoncerons nos fiançailles.

— Pourquoi attendre dix minutes ?

— Pour que le journaliste ne soit pas tenté de se rétracter pour le publier ultérieurement. On veut enterrer les mauvaises nouvelles, pas les retarder. Prépare-toi et, en attendant, dresse la liste de tes invités pour la cérémonie, avec leurs coordonnées. Ta nouvelle assistante s'occupera de les faire venir ici, pendant que tu travailleras avec les stylistes sur ta robe de mariée.

— Tu as embauché une assistante, pour moi ?

— Tu verras très vite que c'est nécessaire. En tant qu'épouse, ton agenda débordera d'invitations, qui devront être gérées en fonction de nos engagements professionnels respectifs. Ton assistante travaillera en tandem avec la mienne.

Son téléphone vibra dans sa main. Il se leva et lut son message.

— Mon équipe est arrivée. Rejoins-nous, dès que tu seras prête.

À la seconde où Sebastiano disparut par la porte de la chambre, Layla se laissa retomber sur son oreiller. Des larmes brûlantes lui piquèrent les yeux, qu'elle chassa frénétiquement en battant des cils. Ses réactions physiques lorsqu'elle était en présence de Sebastiano échappaient totalement à son contrôle, elle le savait déjà. Mais se réveiller d'un profond sommeil dans l'intimité de sa chambre et l'apercevoir… respirer son odeur…, c'était trop pour elle.

Il lui fallut un long moment avant de se sentir suffisamment maîtresse d'elle-même pour descendre du lit et traverser la pièce à pas feutrés jusqu'à sa salle de bains personnelle, attenante à son dressing. Sebastiano disposait lui aussi de sa propre salle de bains. Celle de Layla était ravissante, dans le style japonais, et elle s'y sentit tout de suite merveilleusement bien. Comme dans un refuge où elle pouvait s'enfermer, loin du monde et du magnétisme sexuel de cet homme auquel elle réagissait si férocement.

Tandis qu'elle faisait mousser le shampoing sur sa tête, elle repensa aux clauses du contrat concernant les enfants. Que se cachait-il donc derrière ces mots ? Elle était sûre de les avoir bien lues. « La garde de tout enfant né pendant le mariage serait partagée à parts égales… » C'était le terme « né » qui l'interpellait. Pourquoi Sebastiano n'avait-il pas mis dans la clause que cela concernait tout enfant *conçu* pendant le mariage ? Il lui avait bien fait comprendre que, si cette histoire de grossesse était vraie, cet enfant ne pourrait en aucun cas être de lui. Alors pourquoi prendre des dispositions pour l'enfant d'un autre ?

Était-ce pour se couvrir ? Pour sauver la face ? Ou bien en lien avec quelque chose de plus profond ?

Elle réfléchit encore à la question en parcourant les vêtements qu'elle avait sélectionnés sur les portants que l'équipe de stylistes lui avait apportés la veille. Elle choisit un jean slim blanc trois-quarts et un élégant chemisier en soie blanche, brodé d'orchidées rouges. Une fois habillée, les viennoiseries dévorées et le jus d'orange bu, elle s'apprêtait à partir à la recherche de l'homme qu'elle allait épouser dans quatre jours lorsqu'elle ressentit quelque chose qu'elle ne put décrire que comme un léger battement au niveau de son estomac.

Immobile, elle cessa de respirer jusqu'à ce que le battement survienne à nouveau. Son cœur s'emballa dans sa poitrine et elle dégrafa à toute vitesse son pantalon pour exposer son ventre encore plat. Les battements avaient cessé, mais il lui sembla qu'elle était légèrement plus ronde. Folle d'excitation, elle se tourna vers le miroir. Mais pas le moindre signe de petit ventre en vue.

Déçue, elle se rhabilla. Peu importe, elle avait ressenti les premiers signes physiques de sa grossesse, elle en était certaine.

Elle avait senti son bébé.

Son bébé et celui de Sebastiano.

Sebastiano était assis à son bureau, entouré de son équipe. Tout le monde était occupé à consulter son téléphone et à réactualiser son ordinateur portable. Au lieu de suivre le mouvement, son attention était constamment attirée par la porte ouverte du bureau attenant, réservé à sa future épouse. Layla était là, parcourant la liste de ses invités et évoquant d'autres aspects du mariage et de sa vie professionnelle avec sa nouvelle assistante.

Elle était entrée quelques instants plus tôt dans son bureau avec un joyeux « Ça doit être la salle de crise » avant de venir l'embrasser avec passion. Il l'avait présentée à tout le monde et lui avait montré son nouveau bureau. Cela l'avait quelque peu déconcentré de ce qui était véritablement en jeu. Aujourd'hui pourrait être celui où il détruirait l'une des plus anciennes banques du monde. Et comme il ne pouvait pas laisser cela se produire, Sebastiano n'aurait d'autre choix que de démissionner. Sa réputation serait réduite en poussière. Personne dans la famille Russo n'était prêt à prendre la relève.

Ses parents avaient tous deux pris leur retraite du conseil d'administration et Sebastiano était enfant unique. À l'exception de Paolo, ses cousins Russo avaient tous mené des carrières différentes. Il appréciait énormément la compagnie de Paolo et lui faisait confiance pour diriger la succursale européenne, à condition que son cousin reste sous sa surveillance vigilante. Si

Sebastiano tombait, Russo Banca Internazionale serait contrainte de nommer une personne étrangère à la famille à sa tête, pour la première fois de sa longue et prestigieuse histoire.

— C'est en ligne, annonça soudain l'un de ses collaborateurs en brisant le silence. Je vous envoie le lien.

Sebastiano retint son souffle en attendant de recevoir l'article. À peine eut-il lu le titre principal qu'il sentit un regard posé sur lui. Levant les yeux de son écran, il aperçut Layla. Elle était sur le seuil de la porte et ne ratait rien de la scène. Leurs yeux se croisèrent un long moment. Puis la jeune femme lui adressa un sourire d'une telle douceur que le cœur de Sebastiano s'emballa dans sa poitrine. Un feu ardent s'alluma en lui. Il prit une grande inspiration et frappa du poing sur la table.

— Allez. Encore cinq minutes, et on enterre ça.

Pour la deuxième nuit consécutive, Layla s'endormit profondément avant que Sebastiano ne vienne se coucher. Cette fois, elle était restée éveillée longtemps, la main posée sur son ventre, attendant que le petit battement se manifeste à nouveau. De toute façon, elle était trop énervée pour parvenir à dormir. Le plan de Sebastiano semblait fonctionner comme prévu. Dès la diffusion du communiqué de presse sur l'annonce de leur mariage, les téléphones de tous les membres de sa cellule de crise étaient devenus fous. Neuf appels sur dix concernaient le mariage et seulement un, la perte d'un milliard d'euros. Les réseaux sociaux étaient en feu et les journaux numériques titraient en une sur la cérémonie à venir. Le téléphone de Layla avait failli tomber en panne, face aux centaines de messages reçus, dont beaucoup provenaient de personnes avec lesquelles elle n'avait plus eu de contact depuis le collège.

Pendant que Sebastiano et son équipe géraient la pression des médias, Layla avait été occupée par le mariage. Tout était déjà en place, mais, à sa grande surprise, on lui confia le choix des plats qui seraient servis pour le banquet. On lui demanda également de valider la palette de couleurs finale. Il ne lui était pas venu à l'esprit une seule seconde que son avis serait sollicité. Elle n'avait pas eu le temps non plus de se demander pourquoi Sebastiano lui avait apporté un ordinateur portable haut de gamme et avait contacté Lawrence pour le connecter à l'intranet du cabinet Clayton Community Law. Elle trouvait étrangement touchant qu'il comprenne l'importance de son métier. Que cela fasse partie de leur mascarade ou non, il avait fait tout son possible pour qu'elle puisse travailler confortablement et efficacement, jusqu'à la date prévue de son retour au bureau. Elle avait passé le reste de la journée à discuter avec ses collègues – qui la bombardaient de questions sur Sebastiano – sur la façon de gérer ses clients en attendant son retour. Elle trouva même le temps de proposer un prix pour la maison de banlieue. Son offre fut acceptée en quelques minutes.

Une fois son faux mariage avec Sebastiano terminé, elle pourrait y emménager immédiatement. En attendant, elle continuerait à encourager sa mère à s'y installer dès qu'elle en serait légalement la propriétaire.

Lorsqu'elle eut fini de dîner avec Sebastiano et son équipe, qui continuaient à élaborer des stratégies, ses paupières étaient si lourdes qu'elle avait du mal à garder les yeux ouverts.

Sebastiano avait repéré son visage blême et lui avait gentiment suggéré d'aller se coucher avant lui.

Que cette marque d'attention ait été prononcée pour la forme ou non, cela l'avait touchée et elle avait passé un long moment, allongée sur son lit, la main sur son ventre, tandis que ses lèvres la picotaient encore du baiser léger qu'il lui avait donné en guise de bonne nuit.

7

Sebastiano avait l'habitude de travailler de longues heures, mais là, c'était autre chose. Tout se déroulait comme prévu, mais des foyers d'incendie continuaient de surgir çà et là, et il fallait les éteindre. À cela s'ajoutait la charge de travail liée à la gestion d'une banque internationale, la nécessité d'être suffisamment à jour pour prendre une semaine de congé en guise de lune de miel, et l'organisation du mariage du siècle dans un délai incroyablement court.

Voilà trois jours qu'il hébergeait la créature la plus sexy du monde sous son toit et, malgré cela, il était trop occupé pour passer plus que quelques instants seul avec elle. Il travaillait chaque nuit jusqu'au petit matin. Il montait alors l'escalier jusqu'à sa chambre, et tout son être se gonflait de désir à la pensée de Layla, déjà là. Il se glissait sous les couvertures à côté d'elle endormie, tiraillé entre l'envie de bouger pour la réveiller et celle de ne pas perturber la paix de son sommeil.

Bien que leurs moments seuls aient été brefs, leurs repas partagés et leurs bureaux adjacents lui avaient permis de l'observer à loisir. Lorsqu'il atteignit le seuil et la trouva au téléphone, il comprit instinctivement, au ton de sa voix, qu'elle s'adressait à l'une de ses clientes. Sur le bureau qui formait un L avec le sien, Giovanna, l'assistante de Layla, leva les yeux de son ordinateur pour lui adresser un sourire poli, avant de se tourner à nouveau vers son écran.

Layla mit beaucoup plus de temps à croiser son regard, mais lorsqu'elle le fit, un sourire illumina ses joues et quelque chose brilla dans ses yeux, dont il était certain qu'elle n'avait pas conscience.

Elle leva un doigt pour lui indiquer qu'elle en avait pour une minute.

Attendre n'était pas un problème, surtout quand cela lui permettait d'observer sa fiancée sans être gêné.

Comment était-il possible que la beauté de quelqu'un grandisse de jour en jour ?

Aujourd'hui, elle portait une robe longue bleu foncé, dont les boutons étaient ouverts pour dévoiler un léger décolleté. Ses cheveux étaient lâchés, comme elle les aimait. Après l'avoir tant observée, Sebastiano comprenait maintenant pourquoi : elle les tripotait sans cesse, passant ses doigts dedans, glissant des mèches derrière ses oreilles ou les enroulant autour de son index. Il se souvint de la sensation de ces mêmes doigts enfoncés dans ses propres cheveux...

Elle raccrocha et lui adressa un sourire.

— Tu as besoin de moi pour quelque chose ?

Il avait la réponse parfaite à cette question, mais la présence de Giovanna à côté d'eux l'empêcha de la formuler. Alors il se contenta de venir s'asseoir près d'elle. Le fait d'avoir un public, cela dit, lui permit de se pencher et de lui caresser la joue.

— J'avais quelques minutes libres et je me suis dit que j'allais en profiter pour prendre des nouvelles de ma magnifique fiancée avant qu'elle ne soit emmenée pour l'essayage de sa robe.

Le rose qui colora les joues de Layla agit comme un aphrodisiaque.

L'équipe de stylistes s'était installée dans la villa afin de pouvoir travailler jour et nuit à la conception de la robe. Cet après-midi devait avoir lieu le premier essayage officiel de sa tenue. Quel que soit le style du vêtement, Layla serait sans aucun doute la plus jolie mariée à avoir jamais foulé le sol sicilien. Il lui caressa le lobe de l'oreille, se délectant du frisson imperceptible que ce contact faisait naître.

Dès l'instant où Sebastiano s'était glissé dans son bureau, Layla avait été envoûtée par sa présence et, maintenant, la joue et l'oreille échauffée par ses caresses, elle devait lutter pour respirer normalement.

— Je ne suis pas désirée avant une demi-heure, dit-elle d'une voix beaucoup trop rauque à son goût.

— Crois-moi, ma chérie, tu es tout le temps désirée, murmura-t-il contre sa joue.

Elle ne put retenir un léger gémissement et, quand elle s'écarta, elle vit dans l'éclair de ses yeux verts qu'il l'avait entendu.

— Giovanna, pourriez-vous nous accorder deux minutes, s'il vous plaît ? demanda-t-il, sans la quitter des yeux.

L'assistante obtempéra aussitôt et referma la porte du bureau derrière elle.

Seule avec Sebastiano et le cœur battant à tout rompre, Layla tenta de détacher son regard du sien, redoublant d'efforts pour lutter contre l'excitation qui montait en elle...

— Au cas où j'oublierais de le mentionner plus tard, mes parents, mes grands-parents ainsi que d'autres membres de ma famille se joindront à nous pour dîner, ce soir, murmura-t-il. Tenue de soirée requise. Je te préciserai les règles de comportement à connaître, tout à l'heure.

Elle cessa de respirer et, en voyant son sourire entendu, une bouffée de colère la gagna. L'ordure, il savait parfaitement l'effet qu'il avait sur elle et il s'en délectait.

— Ne sois pas si alarmée, ils ne te mangeront pas, la taquina-t-il. Ils seront peut-être tentés de te dévorer, ajouta-t-il, mais pas de la façon dont moi, j'ai envie de le faire. Jamais ma famille ne se permettrait d'être impolie avec toi. Du moins, pas en face.

Elle le regarda, confuse.

— Que leur as-tu dit, à mon sujet ?

— Ce que j'ai dit à tout le monde, répondit-il en s'approchant si près que leurs lèvres se frôlèrent : nous sommes amants et je ne reculerai devant rien pour te faire mienne.

Layla ne sut si c'était un sanglot de soulagement ou de déception qui lui monta à la gorge lorsqu'il s'écarta d'elle et retourna dans son bureau.

Sebastiano savait que sa fiancée caméléon, très sage et socialement engagée, charmerait sa famille, et cela fut prouvé dès l'instant où elle entra dans la salle à manger, drapée d'une robe de cocktail noire moulante, les cheveux relevés en un chignon lâche, des mèches flottantes et de grandes créoles encadrant son visage parfait. Être assis en face d'elle signifiait que, même s'il devait renoncer au plaisir de sentir la chaleur de son corps et de respirer son parfum sensuel, il avait celui de la regarder.

Car c'en était un. Chaque fois que leurs regards se croisaient, il percevait une lueur dans ses yeux, un reflet du désir qui l'avait embrasé plus tôt, et qui pulsait douloureusement au creux de ses reins.

Layla le désirait. Il le savait. Et elle savait qu'il le savait.

Tout au long de leur repas de cinq plats, elle joua à la perfection le rôle qu'il lui avait confié, se montrant aussi gracieuse, élégante et cultivée qu'on pouvait l'espérer de la part d'un nouveau membre de la famille – surtout quelqu'un qui allait jouer un rôle aussi important. Sa mère l'observa attentivement, mais son grand-père fut conquis avant même que le plat principal ne soit servi. Quant à Paolo, le cousin de Sebastiano et témoin du mariage, il ignora totalement les regards noirs que sa femme lui lançait et ne quitta pas des yeux le visage de Layla durant tout le dîner.

— Vous ne buvez pas, Layla ? lui demanda son père alors qu'elle se servait un deuxième verre d'eau glacée.

Ses yeux myosotis envoûtants se posèrent sur Sebastiano avant d'offrir à son père ce sourire en coin, capable de briser le cœur d'un homme à cinquante pas.

— Pas alors que j'ai besoin de garder la tête froide pour mon mariage, répondit-elle en plaisantant, ce qui fit rire son père et plisser les yeux de sa mère.

Sebastiano repensa à tous les repas qu'ils avaient partagés ces derniers jours. Elle s'était contentée d'eau à chaque fois. Pas une goutte d'alcool n'avait franchi ses lèvres depuis son arrivée ici. Pourtant, il savait qu'il lui arrivait de boire. Ils avaient partagé une bouteille de champagne, pendant la nuit qu'ils avaient passée ensemble.

Un pouls se mit à palpiter sur sa tempe.

Pourquoi continuer à faire semblant d'être enceinte alors qu'il n'y avait plus rien à y gagner ? Layla était suffisamment intelligente pour savoir qu'il ne pouvait plus renoncer à ce mariage, à présent. Elle était assez lucide pour savoir que le contrat était infaillible et que les cinquante millions seraient à elle, dès la signature du divorce. Les journalistes du monde entier se pressaient déjà aux portes de la villa. Il était trop tard pour faire marche arrière.

Il remarqua soudain qu'elle avait une main posée délicatement sur son ventre. Il nota aussi les douces caresses de ses doigts. L'animation sur son visage alors qu'elle continuait à charmer son père suggérait qu'elle n'en avait même pas conscience.

Soudain les conversations se transformèrent en un épais brouillard, blanc et lointain. Il ferma les yeux pour tenter de le dissiper et, quand il les rouvrit, il trouva les beaux yeux de Layla braqués sur lui.

Ils se fixèrent un long moment.

Le brouillard se dissipa. Une sensation des plus étranges se libéra au centre de sa poitrine. Elle s'étendit peu à peu jusqu'à ses poumons et il ne s'en aperçut que lorsqu'il ne parvint plus à respirer.

Layla retira sa main de celle de Sebastiano et, sans un mot, elle se dirigea directement vers sa salle de bains.

Fermant la porte, elle posa une main sur son cœur qui battait la chamade. Pour la première fois depuis leur arrivée en Sicile, Sebastiano était monté se coucher en même temps qu'elle.

Elle se démaquilla et se brossa les dents, les mains tremblantes. Il lui avait fallu fournir tous les efforts possibles pour se concentrer sur le rôle que Sebastiano exigeait d'elle vis-à-vis de sa famille. Car elle ne parvenait pas à détourner ses yeux de lui. La frustration qui l'avait enveloppée depuis ce matin dans le bureau la brûlait encore.

Et maintenant, ils étaient seuls. Pas de public pour les regarder jouer. Rien pour la distraire des battements de son cœur dans sa gorge et de la chaleur entre ses jambes.

Rien pour la distraire de *lui*.

Comment allait-elle faire pour gérer leur « lune de miel » ? se demanda-t-elle, impuissante, en entrant dans son dressing. Dimanche matin, l'hélicoptère de Sebastiano les emmènerait sur la petite île privée de la famille Russo pour une escapade romantique. Avec un personnel réduit à son strict minimum, ils seraient quasiment seuls tous les deux. Sans travail, ni distraction. Durant une semaine entière.

Une garde-robe « lune de miel » avait déjà été préparée par son équipe de stylistes. Layla n'osait pas demander de quoi elle était composée, ni espérer qu'elle inclue autre chose que des bikinis et de la lingerie sexy.

Le pire, c'était que sa peau vibrait à la simple pensée de la porter. De magnifiques sous-vêtements assortis pour la journée, de délicats débardeurs en soie pour la nuit. Elle dut fouiller dans ces derniers pour en trouver un qui lui couvre vraiment les fesses, et elle opta pour un modèle en soie crème qui laissait encore un peu de place à l'imagination.

Elle se sentait presque angoissée, mais c'était un malaise différent des légères nausées occasionnelles qu'elle avait ressenties au cours des premiers mois de sa grossesse. C'était un malaise d'impatience.

Désireuse de mieux se contrôler avant de le rejoindre dans la chambre, Layla enfila un kimono en soie et appela sa mère. Le simple fait d'entendre sa voix et de savoir qu'elle la rejoindrait ici demain matin apaisa un peu ses nerfs à vif.

Mais une fois la conversation terminée, elle n'avait plus de distractions à sa portée. Elle ne pouvait plus attendre.

Elle allait devoir passer sa première nuit au lit avec Sebastiano, depuis celle où ils avaient conçu leur enfant.

Elle prit une grande inspiration, resserra son kimono et ouvrit la porte du dressing.

Allongé sur le lit, Sebastiano lisait un article sur son téléphone. Son magnifique torse était nu. Elle n'osait imaginer ce qu'il portait – ou ne portait pas – plus bas. Il leva les yeux de son portable et, sans la quitter du regard, le posa sur sa table de chevet. Layla ne s'était jamais sentie aussi gênée que pendant ce trajet jusqu'au lit. Mais ce n'était pas la bonne expression pour décrire ce qu'elle ressentait sous l'éclat de ses yeux verts qui semblaient voir sa peau nue à travers le kimono et la nuisette.

Arrivée de son côté du lit, elle s'assit maladroitement, dos à lui, et retira son peignoir d'un haussement d'épaules. Douloureusement consciente d'avoir bien plus de chair exposée que couverte, elle se glissa sous les couvertures, sans se tourner vers lui. Les draps bruissèrent tandis que Sebastiano s'installait confortablement, puis la pièce fut plongée dans l'obscurité.

Elle s'enroula plus profondément entre les draps et lutta pour calmer son souffle court. Le silence était si profond et Sebastiano si proche qu'il pourrait sûrement entendre sa respiration saccadée.

Et soudain, sa voix grave résonna dans la pièce.

— Tu t'en es bien sortie avec ma famille. Je comprends que ça ait pu être difficile pour toi.

Elle prit une grande inspiration avant de répondre.

— Ta mère ne semble pas m'apprécier.

Bien que cette dernière se soit montrée aussi aimable et accueillante que les autres, Layla avait ressenti chez elle une raideur sous-jacente.

— Ma mère n'aurait été satisfaite que si j'avais épousé une Sicilienne.

Au moins, il ne niait pas.

— Ta famille sait que notre mariage n'est qu'une mascarade, n'est-ce pas ?

— Ils le soupçonnent peut-être, mais ils ne le savent pas.

— Ça ne te dérange pas ? Tous ces mensonges ?

Mais elle, que faisait-elle, sinon mentir ? Et elle mentirait de plus belle en prononçant ses vœux dans deux jours. Comme à chaque démonstration d'affection qu'elle endurerait, face au public.

Mais « endurer » était-il le mot approprié alors qu'elle frémissait d'être sous les draps, à quelques centimètres du corps ferme et chaud de Sebastiano ?

— Ce sont des mensonges fondés sur une vérité. Notre mariage sera vrai tant qu'il durera, et ma famille ne le remettra pas en question, car la seule chose qui compte, c'est la survie de la banque.

— Tout cela semble très froid, murmura-t-elle.

— Pour quelqu'un comme toi, peut-être.

Elle se tourna vers lui.

— Quelqu'un comme moi ? Qu'est-ce que tu insinues ?

Sebastiano la regarda tandis que ses yeux s'habituaient progressivement à l'obscurité. Sa beauté, dans l'ombre, lui serra la poitrine, comme un écho de tout à l'heure, lorsqu'il avait croisé le regard de Layla et perdu la capacité de respirer.

— Je comprends pourquoi ma famille et nos priorités te paraissent froides. La nature de ta relation avec ta mère est très différente de celle que j'ai avec la mienne.

Elle fronça les sourcils d'un air interrogateur.

— Je ne lui téléphone pas aussi souvent que toi, expliqua-t-il. Tu le fais au moins trois fois par jour. La dernière fois, c'était il y a quelques minutes à peine.

Il était sorti de sa salle de bains et avait perçu la voix musicale de Layla. C'est la douceur de son ton qui avait révélé à qui elle s'adressait.

— J'ai d'excellentes relations avec mes parents, mais ma vie privée reste privée, reprit-il. D'après ce que j'ai entendu de tes appels, tu partages tout avec ta mère.

— C'est plus qu'une mère pour moi, avoua Layla. Elle est mon amie la plus proche.

La curiosité le poussa à demander :

— Crois-tu que ce soit lié au fait qu'elle t'ait élevée seule ?

Les yeux de Layla se plissèrent et elle le fixa, légèrement pensive.

— C'est certainement un facteur à prendre en compte. Elle était si jeune quand elle m'a eue, et livrée à elle-même. Alors, elle a dû se fier à son instinct et a improvisé à mesure que je grandissais, m'éduquant à sa manière, ce qui nous a rapprochées.

Elle posa un doigt sur sa joue, comme si elle réfléchissait et il fut pris d'une envie soudaine de le glisser dans sa bouche et de le goûter.

Dio, il avait encore son goût dans sa bouche. Ce souvenir persistait et le hantait sans relâche depuis tous ces mois où il avait refusé de penser à Layla.

Allongé dans le noir à côté d'elle, tandis que chacune de ses inspirations s'imprégnait de son souffle délicieux et de son parfum, il fut pris soudain d'un désir de tout savoir d'elle.

— Qu'entends-tu par « à sa manière » ? demanda-t-il.

Les lèvres de Layla s'étirèrent en un petit sourire.

— Eh bien, pour commencer, elle ne me faisait jamais la morale. Quand j'étais petite et que je faisais une bêtise, elle ne me jugeait pas. Nous en parlions, jusqu'à ce que je comprenne moi-même pourquoi j'avais eu tort. Je pouvais tout lui avouer, ajouta-t-elle en élargissant son sourire. Son empathie et sa douceur étaient bien plus efficaces que si elle s'était mise en colère.

— Que faisais-tu de si mal ?

— Pas grand-chose, finalement. Hormis la fois où elle nous a surprises, mon amie Natalie et moi, en train de fumer quand nous avions quatorze ans. Elle ne nous a pas fait la leçon sur les méfaits du tabac. Elle nous a adressé un horrible sourire déçu, m'a embrassée sur la tête et nous a dit de jeter les mégots de manière responsable. Quelle que soit la sorcellerie dont elle a usé, ça a fonctionné et aucune de nous deux n'a plus jamais touché à une cigarette. Comment se rebeller contre quelqu'un comme ça ?

— Ton éducation a été très différente de la mienne, reconnut-il en s'efforçant de ne pas se demander quel genre de mère Layla serait pour cet enfant dont il avait de plus en plus de mal à nier l'existence. J'ai grandi en sachant que je n'étais pas seulement membre d'une famille, mais d'une institution. La banque appartient aux Russo depuis cinq cents ans. J'ai toujours su que mon destin serait de la diriger. Chaque membre de la famille contribue à préserver l'image des Russo, car notre fortune en dépend, et nous nous marions en conséquence. C'est ce que je voulais dire lorsque j'affirmais que ma famille ne remettrait pas en question notre relation : ils savent qu'une enquête a été menée sur toi, car c'est le cas de toutes les personnes que nous intégrons à notre famille. Je comprends que cela puisse paraître froid, mais pour nous, c'est un mal nécessaire. Une question de survie. Je ne peux pas me permettre de laisser mes émotions dicter mes actes.

Il n'y avait rien dans ce qu'il venait de lui dire que Layla ne sache déjà. Elle l'avait appris lors des nombreuses nuits passées dans sa suite à lui servir du bourbon et à écouter ses confidences, professionnelles et personnelles. Dans la vie de Sebastiano, ces deux composantes étaient intimement liées.

Maintenant qu'elle était chez lui, plongée au cœur de son univers, elle comprenait mieux la pression à laquelle il était soumis. Elle l'avait ressentie, dans son bureau, lorsque, avec son équipe, il attendait la sortie de l'article, dans une tension telle qu'elle avait eu le sentiment de pouvoir la toucher du doigt.

À présent, elle sentait qu'elle devait faire appel à toutes ses forces pour lui résister. Plongée dans l'intimité de cette conversation nocturne, elle luttait pour détourner son regard de la bouche sensuelle - si proche - qui avait embrassé chaque centimètre carré de sa peau. L'envie qu'il recommence à le faire était si forte qu'elle serra l'oreiller sur sa joue et lança une plaisanterie pour détendre l'atmosphère.

— Inutile de t'expliquer. Je sais déjà que tu as la palette émotionnelle d'un poisson rouge.

Et il agissait de même avec les femmes, songea-t-elle amèrement. Une nuit, et c'était oublié. N'était-ce pas ce qu'il avait fait avec elle ? Le lien émotionnel qu'elle pensait avoir trouvé dans ses bras n'avait jamais existé pour lui.

— Être comparé à un poisson rouge est une amélioration, après avoir été traité de porc, nota-t-il avec un rire léger.

— Tu avais pris ça pour un compliment, lui rappela-t-elle.

— Mais pour toi, c'était une insulte. Alors que tu aimes les poissons rouges.

— Comment le saurais-tu ?

Ses enquêteurs ne seraient tout de même pas allés fouiller jusque-là, si ? Elle ne put retenir un petit rire.

— Et puis, comment peux-tu être heureux d'être comparé à une créature dont le cerveau ne se souvient que des trois dernières secondes ?

— Peut-être, mais c'est une créature que tu aimes, dit-il à voix basse. Alors ça me donne de l'espoir.

Ce fut l'éclat qu'elle vit briller dans les yeux de Sebastiano qui lui donna enfin la force de rouler sur elle-même et de lui tourner le dos. Il serait trop facile de se méprendre sur le sens de ses paroles. Trop facile d'oublier combien il l'avait blessée et de lui donner les moyens de recommencer. Il parlait de sexe. Rien d'autre. Elle s'était déjà autorisée à entendre des mensonges dans l'obscurité de la nuit avec Sebastiano. Pour lui, ce n'étaient que des mots. Elle avait été idiote de les croire. Fermant les yeux, elle s'efforça de garder une voix légère.

— J'ai envie de dormir, alors il est temps d'arrêter de parler.

— Tes désirs sont des ordres.

Elle le sentit se retourner et s'éloigner, emportant avec lui la chaleur de son corps. Il bougea pour s'installer confortablement, puis elle l'entendit murmurer son nom.

— Oui ? fit-elle, le cœur battant.

— Si je devais te comparer à une créature, ce serait un cygne. Ils sont beaux et élégants, tout comme toi.

Sa poitrine se gonfla à mesure que son cœur menaçait de déborder, mais elle prit une grande inspiration et répliqua :

— Oui, et ils attaquent aussi, quand on les provoque.

Le rire de Sebastiano résonna au plus profond d'elle.

— Perverse.

Un sanglot de désir resta coincé dans sa gorge.

— Sebastiano ?

— Oui, mon petit lapin ?

— Tais-toi et dors.

Il eut un dernier rire rauque, et le silence tomba dans la pièce. Mais l'oubli du sommeil mit des heures à la gagner.

8

Layla sut qu'elle était seule dans le lit avant même d'ouvrir les yeux. Elle devina, au léger parfum d'eau de Cologne qui flottait dans la pièce, que Sebastiano s'était déjà levé, douché et habillé. Le silence pesant indiquait qu'il avait quitté la chambre.

Elle ne le reverrait pas avant leur mariage. La tradition familiale Russo voulait que les fiancés passent la journée et la nuit précédant leur mariage séparés l'un de l'autre.

Un mot avait été posé sur la table de chevet, à son intention. Elle le lut :

On se retrouve dans la chapelle, demain. Essaye de ne pas trop te languir de moi. S.

Reposant la tête sur l'oreiller, elle serra le mot contre sa poitrine et se dit que la douleur dans son cœur ne signifiait pas qu'il lui manquait déjà.

Sebastiano ne s'attendait pas à ressentir de la nervosité.

Après les montagnes russes des dernières semaines, il pensait que ses nerfs étaient engourdis, et pourtant il se tenait devant l'autel, face à ses invités, la poitrine serrée, l'estomac noué, écoutant à moitié ce que Paolo racontait. Il n'avait aucune raison d'être dans cet état. Layla n'allait pas l'abandonner devant l'autel, ni oublier de s'y présenter. Il le savait, au plus profond de son être.

C'était sans doute à cause des vingt-quatre heures qu'ils avaient passées séparés, donnant le temps au doute de semer ses graines.

Il avait ressenti son absence avec acuité.

Cinq jours chez lui, et c'était comme si elle s'était imprimée dans les murs. Layla était si fortement ancrée dans son esprit qu'il la voyait partout. Elle avait magnifiquement joué son rôle. Tout se déroulait exactement comme il l'avait prévu. L'engouement pour le mariage du siècle éclipsait totalement la nouvelle de la perte financière. La presse italienne, et particulièrement sicilienne, ne parlait que de la cérémonie et la plupart des chaînes d'informations européennes l'incluaient dans leur couverture. Pour éviter que la lumière ne revienne sur son fiasco financier, il faudrait que son mariage soit réaliste et qu'il dure au moins quelques années. Et si Layla était vraiment enceinte... Pour la première fois depuis le repas avec ses parents, il ne put s'empêcher d'imaginer sa main posée distraitement sur son ventre et le doux effleurement de ses doigts.

Layla sortit du cottage des invités, émerveillée par la vue spectaculaire qui s'offrait à elle. Les colonnes débordaient de roses rouges et blanches, et des guirlandes de fleurs tombaient en cascade le long des bancs, des tables et des chaises aménagés dans l'espace avec un goût exquis. Avec la villa dorée qui se profilait au loin, la scène semblait tout droit sortie d'un conte de fées.

La calèche qui devait la conduire à travers le vaste domaine jusqu'à la chapelle complétait largement cette impression.

Trois valets de pied apparurent. L'un tendit la main à sa mère et l'aida à monter dans la calèche. Les deux autres saisirent délicatement la traîne de sa robe et la soulevèrent pour qu'elle puisse s'asseoir sans la froisser.

Serrant fermement la main de Jilly, Layla fit de son mieux pour composer ses traits et ressembler à une mariée excitée face aux caméras stratégiquement placées le long du parcours pour la retransmission en direct – négociée habilement avec une chaîne de télévision.

Même si elle savait qu'elle ne devait pas ressentir d'excitation sincère, elle s'était réveillée après une nuit agitée avec des papillons dans le ventre. Alors que les chevaux les guidaient en trottant sur le large sentier, entouré d'arbres voûtés, qui traversait les bois de Sebastiano, les papillons gagnèrent en force et elle serra plus fort la main de sa mère.

— Tout va bien se passer, murmura cette dernière en souriant. Aie confiance.

Comme Jilly l'avait gentiment fait remarquer pendant qu'elles étaient confinées dans le cottage, le destin suivait déjà un chemin différent de celui qu'elle avait dû prendre lorsqu'elle était enceinte de Layla. Sebastiano n'avait pas eu tort de constater que mère et fille étaient très différentes. Sa mère faisait confiance au destin pour arranger les choses, même si elle avait dû avoir l'impression qu'il se moquait d'elle. Layla se forgeait elle-même sa propre destinée et celle de son bébé. Tant qu'ils seraient mariés, il serait impossible à Sebastiano de quitter leur enfant, mais elle ne lui faisait pas confiance pour être un père impliqué, une fois leurs chemins séparés. Les seules personnes à qui elle pouvait se fier pour aimer et chérir son bébé étaient elle-même et sa mère.

Mais cela n'empêcha pas Layla de frémir lorsque l'ancienne chapelle magnifiquement rénovée apparut au loin, le soleil de l'après-midi illuminant son toit en dôme.

Les valets de pied l'aidèrent à descendre de la calèche et ses demoiselles d'honneur, toutes des petites cousines Russo, saisirent sa traîne.

Tenant la main de sa mère, Layla prit la plus grande inspiration de sa vie et franchit la porte ouverte.

Son cœur s'emballa en apercevant l'homme qui l'attendait devant l'autel.

Le rire de Sebastiano en réponse à la plaisanterie de Paolo – selon laquelle le bibi d'une princesse royale ressemblait à un modèle en pâte à modeler – s'éteignit sur ses lèvres lorsqu'une vision céleste apparut à la porte.

Un silence s'abattit sur l'assemblée.

Son pouls s'accéléra et le sang lui monta à la tête.

Il entendit vaguement une musique retentir, puis les yeux de la vision céleste se posèrent sur les siens et même la musique cessa d'exister pour lui.

Lentement, elle s'avança vers lui, tel un ange scintillant dépourvu d'ailes. Sa robe blanche moulante, avec ses fines bretelles et son décolleté plongeant, était ornée de milliers de minuscules cristaux. Autour de son cou de cygne était accroché un collier de diamants bleus, assorti à des boucles d'oreilles plus petites. Ses cheveux étaient coiffés en un élégant chignon.

Puis elle esquissa un sourire parfait, légèrement de travers, et l'ange disparut pour laisser place à la belle et sensuelle Layla. Le cœur battant à tout rompre, Sebastiano prit sa main et l'attira doucement à lui.

Dio, il se doutait qu'elle serait la plus belle mariée à avoir jamais honoré le sol sicilien, mais même lui n'avait pas imaginé une vision aussi magique.

— Tu es envoûtante, murmura-t-il à son oreille et il fut récompensé d'un autre sourire en coin, éblouissant.

Doigts croisés, ils firent face au prêtre, et la messe de mariage débuta.

Quand Layla avait appris que Sebastiano avait organisé une cérémonie de mariage catholique, elle s'était demandé comment elle allait tenir une heure entière sans bâiller ni s'agiter. Mais la magie de la scène s'infiltra en elle dès le premier regard qu'elle posa sur son futur époux. Au fil de la messe, la musique, les chants, les bougies, l'encens, et même l'italien dans lequel tout se déroulait, se mêlèrent et glissèrent silencieusement dans son âme, l'emplissant de lumière.

C'était *son* mariage. Sebastiano était *son* fiancé. Son fiancé, plus beau qu'elle ne l'avait jamais vu dans un complet jaquette, avec gilet gris clair, cravate et mouchoir en soie gris foncé.

Et à cet instant, elle comprit que, quelles que soient les raisons de leur mariage et quoi qu'il advienne, celui-ci serait authentique. Tout le reste n'était que secondaire, face à cette vérité puissante. Ils seraient mari et femme, et leur enfant aurait un père. Un vrai père qui, une fois qu'il aurait accepté la vérité, le désirerait.

Le moment vint de prononcer leurs vœux.

Ils se firent face, les mains jointes.

Le prêtre s'adressa d'abord à Sebastiano. Ses lèvres remuèrent en réponse, mais Layla avait la tête trop pleine pour l'entendre.

Combien de mariées avaient-elles promis leur vie à un homme pour finalement voir leur cœur se briser lorsque la véritable nature de leur amour était finalement révélée ?

Elle connaissait déjà la véritable nature de Sebastiano et, pour cette raison, il ne pourrait plus jamais lui briser le cœur. Il avait déjà fait le pire qu'il pouvait faire. Il l'avait ignorée, avait bloqué son numéro, l'avait forcée à se marier, nié l'existence de leur enfant. Elle ne prenait pas en compte son enlèvement dans la mesure où elle l'avait, elle-même, menotté à un lit. Mais rien de tout cela ne signifiait que leur mariage devait être un cauchemar, à moins qu'elle ne choisisse de le rendre ainsi. Lui ne le ferait pas, elle le savait au plus profond d'elle.

Le prêtre se tourna vers elle et récita ses vœux en anglais.

Elle plongea son regard dans les profondeurs vertes des yeux de Sebastiano. Elle y perçut la lueur du désir, qui n'était jamais loin de la surface. Mais autre chose, aussi. Une ouverture inébranlable.

La vie minuscule qui grandissait en elle s'agita. Un léger battement, mais cela suffit à ouvrir son cœur tandis qu'elle regardait le père de ce bébé et prononçait d'une voix légèrement tremblante :

— Je le veux.

Sebastiano se tenait dans les jardins de sa propriété avec sa nouvelle épouse, serrant la main de leurs invités alignés pour les féliciter. La traîne de la robe de mariée avait été astucieusement retirée, le champagne et les canapés circulaient, une musique d'ambiance résonnait, des conversations s'engageaient, des enfants se défoulaient après la longue cérémonie. Tout cela s'enregistrait dans sa conscience.

Ses lèvres brûlaient encore des baisers qu'ils avaient partagés pour sceller leur mariage, puis pour les photos officielles qui avaient suivi. Son désir pulsait douloureusement en lui, menaçant de l'engloutir à chaque minute qui passait.

La file d'attente s'était considérablement raccourcie lorsque Lawrence et son mari les rejoignirent. Après avoir vigoureusement serré la main de Sebastiano et l'avoir chaleureusement remercié d'avoir fait venir toute l'équipe, hébergée pour l'occasion dans un hôtel voisin, il serra Layla dans ses bras.

— Quelle surprise ! s'exclama-t-il sans pour autant lâcher les bras de la jeune femme en la fixant avec la fierté d'un père. Pas une seconde je n'aurais soupçonné que tu fréquentais ce gentil garçon.

— Nous voulions garder le secret, avant d'en être sûrs, tous les deux, répondit-elle sans hésiter.

— Eh bien, je suis ravi pour vous deux. Quelle magnifique maison ! Je comprendrais que tu n'aies jamais envie de revenir à Londres.

— Regardez-moi bien, rétorqua-t-elle en riant. Je serai de retour dans trois semaines. Vous ne vous débarrasserez jamais de moi.

— Voilà exactement ce que je voulais entendre !

Une fois les invités salués, il fut temps pour Sebastiano de communiquer avec les personnes qui avaient le plus besoin d'être rassurées sur le fait que la Russo Banca Internazionale était entre de bonnes mains. Layla resta à ses côtés, discutant avec les épouses, qui voulaient tout savoir sur elle. Quand elle évoquait son travail d'avocate, leur curiosité était piquée. Lorsque la cloche retentit, annonçant l'heure du dîner, Layla avait tellement accaparé l'attention des invités qu'il doutait que l'un d'eux ait pensé à Sebastiano, sinon pour se dire qu'il était l'homme le plus chanceux d'Europe d'avoir séduit une épouse aussi belle et intelligente. Il avait même entendu sa mère préciser à un groupe d'amis mondains que, bien qu'elle soit déçue que Layla ne soit pas sicilienne, sa belle-fille était parfaite à tout autre égard.

— Bravo, lui chuchota-t-il à l'oreille tandis qu'ils se dirigeaient vers la salle de banquet.

Elle serra ses doigts entre les siens et sourit.

— Et bien joué aussi d'avoir parlé de Lawrence à tout le monde, ajouta-t-il.

Les dons destinés au cabinet d'avocats ne manqueraient pas d'affluer après ce soir, il en était certain.

— C'est ce que je me suis dit, répondit-elle en lui lançant un regard mutin. Mais j'espère que ça ne t'empêchera pas de faire le virement de cinq millions de livres au cabinet, comme tu l'avais promis.

— Ce sera fait, dès demain matin, lui assura-t-il.

Elle s'immobilisa, les yeux brillants de joie, et lui tapota le bout du nez.

— Voilà exactement ce que je voulais entendre !

Il lui prit la main et l'embrassa.

— Tu sembles heureuse.

C'était vrai. Il émanait d'elle une lumière rayonnante. Elle rit doucement.

— Je suis une excellente comédienne. Tu l'as oublié ?

Si ce bonheur était une mascarade, alors c'était la performance de sa vie. Il passa un bras autour de sa taille et l'attira à lui.

— Es-tu capable de jouer la mariée qui ne supporte pas d'attendre une seconde de plus avant d'embrasser son mari ?

— Laisse-moi voir...

Elle lui prit la nuque et leva son visage vers le sien. Il respira son doux souffle avant que ses lèvres ne frôlent les siennes, aussi légèrement qu'une plume. Puis elle soupira et bascula la tête en arrière pour le fixer du regard.

— C'est mieux ?

Il grogna légèrement.

— Tu appelles ça un baiser ?

— J'appelle ça un apéritif.

Une flamme de désir envahit brutalement Sebastiano et il ne put résister à l'envie de la serrer encore plus fort contre lui.

— Un apéritif ou une provocation ?

Les yeux brillants, elle mordilla sa lèvre inférieure une seconde, avant de l'embrasser de nouveau. Mais cette fois ce fut un vrai baiser, profond et affamé, qui mit le feu à ses sens et lui donna envie d'une seule chose : être seul avec elle.

Il ne sut lequel des deux s'écarta le premier, mais quand cela arriva, les joues rouges et les yeux embrumés de la jeune femme lui garantirent que, là, elle ne jouait pas la comédie.

Les bras toujours enroulés autour de son cou, Layla s'éclaircit la gorge et murmura :

— Et là, c'était mieux ?

C'était pire, bien pire. Mais, s'il ne la lâchait pas tout de suite, Sebastiano ne pourrait plus jamais se montrer aux yeux de la bonne société.

— Disons que c'était un petit plus pour l'apéritif, concéda-t-il en la libérant de son étreinte.

Elle se recula et l'examina avant de lui frotter le coin de la bouche de l'ongle du pouce. Puis elle lui adressa un sourire mutin et délicieusement tordu.

— On ne peut tout de même pas laisser Sebastiano Russo dîner avec les plus grands dirigeants du monde, barbouillé de rouge à lèvres, si ?

Légèrement étourdie, Layla dansait avec son nouveau mari et leurs invités sur la magnifique piste de danse. Elle s'attendait à ce que quelqu'un la tire de ce rêve où sa chanteuse préférée se produisait sur la scène du bal à son propre mariage.

Elle n'osait imaginer les efforts, le coût et le casse-tête que représentait la venue de la diva la plus célèbre du monde dans un délai aussi court. Et il l'avait fait pour elle. Tout cela à cause d'une remarque que Layla avait faite un jour en choisissant la musique à écouter dans sa suite au Diamond Club. Cela lui rappela les deux fois où des invités aux soirées qu'il organisait lui avaient fait des remarques obscènes. Sebastiano les avait chassés sans cérémonie, avant de lui présenter ses excuses. Elle n'avait jamais revu ces hommes. Aucun d'eux n'était présent au mariage. En revanche, tous les autres étaient là. L'un d'eux dansait à côté d'eux, et il cria par-dessus la musique quelque chose à Sebastiano que celui-ci n'écouta visiblement pas, car son regard était fixé sur elle.

Sebastiano dansait rarement. Il s'était attendu à partager la traditionnelle première valse avec Layla, puis à partir discuter avec ses invités les plus distingués, mais, près de deux heures plus tard, il était toujours là et continuait à bouger en rythme avec la musique, fasciné par la beauté gracieuse de sa nouvelle épouse.

Elle avait éclipsé tout le monde, y compris la chanteuse, qui lui lançait des regards noirs, outrée qu'on lui ait volé la vedette. À en juger par le large sourire de Layla, celle-ci était inconsciente des pensées maléfiques de son héroïne, et, tandis qu'il la regardait chanter les paroles de la diva avec sa mère, Sebastiano pensa pour la première fois à la seule personne absente de ces célébrations. Le père de la jeune femme.

Ses yeux se posèrent sur le ventre de Layla et cette sensation de tiraillement le frappa de nouveau, plus forte que jamais auparavant. Une nouvelle chanson, plus lente, commença. Layla se tourna vers lui et, sans perdre une seconde – elle ne perdait jamais une seconde –, elle passa les bras autour de son cou et le regarda dans les yeux.

— La fête te plaît ? demanda-t-elle, doucement.

— Beaucoup.

Bien plus qu'il n'aurait pensé apprécier un jour son propre mariage. Chaque fois qu'il l'avait envisagé, il imaginait la mariée comme l'une de ces femmes qui composaient la société dans laquelle il évoluait. Une femme qui l'ennuyait à mourir.

Son véritable mariage serait aussi transactionnel que celui-ci, une union semblable à celle de ses parents, fondée sur le respect mutuel, dans le seul but de donner naissance à un héritier. Sebastiano avait toujours supposé qu'une fois l'héritier requis obtenu, il suivrait la tradition de son monde et prendrait une maîtresse dans la plus grande discrétion.

Layla était aussi différente que possible de la mariée qu'il s'était imaginée. Et s'il s'avérait qu'elle était bel et bien enceinte...

Non, ce n'était pas le moment d'y songer. Pas alors qu'il la tenait dans ses bras et qu'il lisait dans son regard qu'elle ne voulait pas être ailleurs dans le monde.

— Et toi ? demanda-t-il.

— J'ai connu pire, comme soirée, répondit-elle.

Il sourit et resserra son étreinte avant de l'embrasser, ignorant les convenances pour approfondir son baiser, jusqu'à ce qu'elle s'écarte avec un soupir essoufflé qui ne fit qu'attiser le désir fou qu'il avait d'elle.

9

Même si Sebastiano mourait d'envie de jeter Layla par-dessus son épaule, de l'emmener dans la chambre à l'étage et de verrouiller la porte pour être seul avec elle, il parvint à se retenir.

Il n'était pas un collégien aux hormones en ébullition. Il était le dirigeant de la Russo Banca Internazionale. C'était la seule raison pour laquelle il l'avait épousée... en plus de sa petite vengeance personnelle. En fin de compte, ce mariage était une mise en scène et, même s'il savait pertinemment que Layla était aussi prise que lui dans les filets du désir, il ne pouvait prévoir avec certitude la façon dont elle agirait dans l'intimité de leur chambre. Si la bouche de Layla ne correspondait pas forcément à ce que ses yeux exprimaient, ces derniers, en revanche, disaient toujours la vérité.

S'il avait reconnu l'acier des myosotis le soir où elle l'avait escroqué de cinq millions de livres, il aurait compris que quelque chose n'allait pas. Au lieu de cela, il s'était laissé porter par son désir, trop arrogant pour penser à la souffrance qu'il lui avait causée en ne l'appelant pas. En disparaissant de sa vie.

Il allait dormir dans la salle de bains ce soir. Il ferait couler un bain froid et s'y immergerait, pour tenir bon.

Une fois leurs invités partis, ils montèrent l'escalier, main dans la main, et il se concentra sur sa respiration.

Leurs mains se séparèrent à la porte.

Son cœur battait plus fort et plus vite que jamais.

Il prit une profonde inspiration, la suivit dans la chambre et s'adossa au mur. Après le bruit de la fête, il régnait dans la pièce un silence absolu. Il eut vaguement conscience des pétales de roses qui formaient un chemin jusqu'au lit, mais tout ce qu'il parvint à distinguer fut Layla, devant lui, qui le fixait de ses yeux graves, les joues roses, si ravissante qu'il en eut le cœur serré. Elle était si près qu'il pouvait voir son pouls pulser sur son cou gracieux, si proche que son parfum subtil s'insinuait en lui comme un sortilège enchanté. Il entendait son souffle court. *Dio*, lui-même n'avait jamais respiré aussi lourdement. Le désir pulsait dans chacune de ses veines, mais il ne bougea pas.

Layla ne savait plus comment respirer. Les souvenirs grisants de cette journée magique avaient disparu sous le poids du choix qui se posait à elle, face au désir lancinant qu'elle éprouvait pour cet homme.

Leur nuit ensemble avait été une perfection absolue d'érotisme et de sensualité. Sebastiano avait fait ressortir d'elle des facettes dont elle n'aurait jamais soupçonné l'existence. Toutes ses inhibitions s'étaient brisées, dès l'instant où leurs langues s'étaient entremêlées.

Quand ils s'étaient séparés le lendemain matin, elle avait ressenti le déchirement de son absence dans chaque cellule de son corps. Mille fois plus fort que ce qu'elle avait jamais ressenti avec Chris. À la fin de leur histoire de trois années, elle n'avait pas versé une seule larme. Au fond, elle n'avait jamais vibré pour lui. Elle s'était seulement sentie en sécurité.

Sebastiano était l'antithèse de la sécurité. Elle l'avait su, dès le premier regard qu'elle avait posé sur lui. Elle n'avait couché avec lui ce soir-là que parce qu'elle pensait qu'il s'agirait d'une seule et unique nuit, et qu'elle était en sécurité.

Elle n'avait aucune idée, alors, que cette nuit laisserait en elle une marque plus profonde que l'enfant qu'ils avaient conçu. Aucune idée du fait que son rejet la ferait autant souffrir.

L'histoire ne devait pas se répéter. Le chemin de sa mère n'était pas le sien.

La dure vérité, cependant, c'était que Sebastiano lui avait donné vie d'une manière qu'elle n'avait jamais ressentie auparavant. Un feu passionné brûlait en elle dès qu'elle était avec lui. Avec Sebastiano, tous ses sens s'éveillaient.

À présent, ses yeux étaient grands ouverts.

Et, tandis que l'électricité crépitait entre eux, son regard imperturbable demeurait fixe.

Elle comprit le message silencieux qu'il envoyait.

Il ne la toucherait pas.

Il avait promis que, dans le secret de leur chambre, ce serait à Layla de faire le premier pas. Si elle se détournait de lui, il ne ferait rien pour l'en empêcher.

Elle bougea si vite et si soudainement que Sebastiano eut à peine le temps de comprendre ce qui se passait. Les bras de Layla s'enroulèrent étroitement autour de son cou et ses lèvres se pressèrent contre les siennes avec un souffle doux mais déchirant.

Le soulagement qu'il éprouva fut presque aussi puissant que le coup qu'il avait ressenti en voyant la peur briller dans ses yeux myosotis. Sa bouche brûlante était aussi affamée que la sienne tandis qu'elle enfonçait ses doigts dans ses cheveux en gémissant doucement.

Le besoin de goûter et de sentir chaque centimètre d'elle le submergea comme une force vitale. Leurs langues s'explorèrent avidement, et il se délecta de retrouver ce goût exotique et sensuellement sucré qui était resté en lui comme un souvenir lancinant. Et c'était Layla qui déclenchait tout cela. Layla qui se débarrassait du voile de douleur dans lequel ses actes l'avaient forcée à s'envelopper pour se protéger, et qui embrassait le désir qui les torturait depuis si longtemps.

Pourquoi diable avait-il fui cette flamme ? se demanda-t-il en enfouissant son visage dans son cou. Personne ne lui faisait ressentir ça. Personne. Seulement Layla. Personne d'autre n'avait de doigts capables de glisser le long de son cou et de lui transmettre ces sensations inouïes jusqu'au bout des orteils.

Ces mêmes doigts s'aventuraient maintenant sur sa poitrine pour enlever sa chemise et exposer sa peau. Son excitation s'intensifia lorsqu'elle enfonça les ongles dans son ventre, avant de tâtonner avec le bouton de son pantalon. Frustré de ne pas trouver la fermeture Eclair, le bouton, ou quoi que ce soit qui maintenait sa robe de mariée en place, il la fit pivoter et la plaqua contre le mur, puis il saisit les deux coutures, de chaque côté du vêtement, et tira vers le bas d'un coup sec.

Layla haleta en entendant le bruit de déchirure de sa belle robe. Mais son cri se transforma en gémissement lorsqu'elle sentit la bouche de Sebastiano effleurer son épaule tandis qu'il essayait de faire glisser le reste de sa robe.

Tout son être était pris de fièvre. Elle brûlait jusqu'au bout de ses doigts qui tentaient désespérément de défaire le bouton de son pantalon pour libérer son sexe dur qui gonflait à travers le tissu soyeux.

Enfin débarrassée de ses chaînes de peur, elle ne rêvait plus que d'être possédée par le seul homme sur terre capable de la faire se sentir libre et entière.

Quand elle y arriva enfin, elle glissa une main à travers la braguette, et le grognement qui monta dans la gorge de Sebastiano, quand elle enroula les doigts autour de son membre palpitant, ne fit que l'exciter davantage.

— *Dio*, Layla, murmura-t-il contre sa bouche en tirant de nouveau sur sa robe pour essayer de la lui enlever.

Il ajouta quelques mots en italien qu'elle ne comprit pas mais qui eurent l'effet escompté, comme tout ce qui venait de lui. Sa voix, son accent et son goût, l'odeur musquée de sa peau, en passant par la douceur de ses cheveux. Elle voulait le toucher et le goûter partout. Jamais elle n'avait autant détesté les vêtements.

Et lui aussi manifestement, car il enrageait de ne pas réussir à arracher les couches d'étoffe qui la recouvraient.

Avec un grognement sonore, il finit par la prendre dans ses bras et la jeter pratiquement sur le lit.

En quelques instants, il fut à califourchon au-dessus d'elle et il arracha sa chemise et son veston en faisant voler les boutons sur le parquet. Elle frémit de plaisir lorsqu'il dégrafa son soutien-gorge en dentelle blanche, sans bretelles. Puis, elle poussa un cri quand il posa sa bouche sur un de ses tétons pour l'aspirer avec force, et le point brûlant entre ses jambes se mit à pulser douloureusement. Elle écarta les lambeaux de sa chemise, avide de sentir sa peau et, quand leurs poitrines se pressèrent l'une contre l'autre, elle soupira presque de soulagement. Mais ce ne fut que de courte durée. Car la délivrance qu'elle recherchait était tout autre, et elle donna des coups de pied pour essayer de se libérer des couches de tissus emmêlés de sa robe. Elle faillit pleurer quand Sebastiano finit par rassembler le jupon entre ses mains pour le relever jusqu'à sa taille. Puis sa large main glissa le long de sa cuisse et il grogna contre sa bouche en trouvant la dentelle blanche de sa petite culotte. Quand il glissa un doigt sur le côté et qu'il la sentit, humide et gonflée de désir pour lui, il s'écarta pour la regarder, les yeux embrumés.

— *La mia carne brucia di desidero da morire*, souffla-t-il d'une voix rauque avant que sa bouche ne se fonde à nouveau dans la sienne.

Le plaisir de ses doigts la caressant là où elle en avait si désespérément envie la fit sangloter, et elle serra les cuisses l'une contre l'autre. Et lorsqu'il glissa un autre doigt en elle, elle se cambra contre lui en pleurant de frustration. Il bougea la main et déchira sa culotte. Puis il fit remonter encore son jupon avant de descendre son pantalon et de libérer son sexe dur. Les cris de Layla redoublèrent d'impatience, et elle enroula les jambes autour de lui en soulevant les fesses, chaque centimètre de son corps l'implorant de la posséder. Elle s'accrocha à lui en respirant par à-coups tandis qu'il se frayait un chemin à travers les couches de vêtements et, quand il la pénétra enfin profondément, son plaisir fut si fort que tout l'air s'échappa de ses poumons en un gémissement sourd.

Leurs bouches se séparèrent et il s'écarta pour la regarder dans les yeux avec émerveillement. Elle sentait les pulsations de son excitation en elle et savait qu'il ressentait les siennes tandis que son corps retrouvait la sensation la plus glorieuse qui soit, celle de Sebastiano, la remplissant entièrement.

Mais ce furent les pulsations tourbillonnantes de ses yeux verts, qui s'étaient assombris jusqu'à paraître presque noirs, qui la firent lever le visage vers lui et l'embrasser avec passion.

Avec un gémissement rauque, il agrippa ses fesses et, en quelques instants, chaque fibre de son être vibra de plaisir.

Sebastiano était au-delà de toute pensée. Ils étaient tous les deux au-delà de cela. Ils n'avaient besoin que d'une chose : être soulagés, et les longues jambes de Layla enroulées autour de lui, ses cris haletants et ses supplications le poussaient avec la même urgence que s'il avait eu des clous enfoncés dans le dos.

Il allait et venait en elle comme un homme possédé… et c'est ce qu'il était… tout en la prenant et en la faisant sienne à chacun de ses coups de reins.

Dio, c'était autre chose. Quelque chose d'inimaginable. Il eut du mal à se retenir, jusqu'à ce qu'elle cesse de respirer et qu'elle commence à se balancer contre lui. Ce n'est que lorsqu'il la sentit se contracter autour de son sexe qu'il se laissa aller avec un rugissement avant d'être entraîné au plus profond de cet endroit secret qui n'appartenait qu'à eux.

Les yeux de Layla étaient fermés et elle agrippa fermement son oreiller tandis que les sensations provoquées par la langue de Sebastiano s'approfondissaient, la propulsant peu à peu vers un orgasme tonitruant. Ce ne fut que lorsque son corps fut enfin immobile et que les soubresauts de plaisir cessèrent qu'il releva la tête d'entre ses jambes et lui adressa son sourire lascif.

— C'est mieux ?

Trop comblée pour parler, elle sourit et lui tendit les bras en guise de réponse. Il se releva et vint s'allonger, la tête posée sur l'oreiller à côté d'elle. Puis il l'embrassa tendrement et fit glisser une main sur son ventre.

Elle le regarda dans les yeux et rapprocha son visage du sien.

— Tu ne veux vraiment pas que je te rende la pareille ?

Il rit doucement et l'embrassa de nouveau.

— Bientôt. Toi, mon insatiable petit lapin, tu m'as épuisé.

Elle lui lança un sourire ensommeillé.

— Ça en valait la peine ?

Un autre baiser.

— Complètement.

Les premiers rayons du soleil filtraient à travers les rideaux. Ils n'avaient pas fermé l'œil de la nuit. La chambre ressemblait à une scène de chaos romantique. Des pétales de roses, des boutons et les minuscules cristaux de sa robe de mariée jonchaient le sol, à côté de leurs vêtements déchirés et abîmés, en tas, un peu partout.

Layla ne voulait pas penser aux similitudes qui existaient entre leur première nuit et cette nuit de noce. Une fois ne les avait pas rassasiés. Deux fois non plus. Au bout de la troisième fois, Sebastiano avait fini par découper aux ciseaux ce qui restait de sa robe de mariée. Puis, il l'avait contemplée nue – à l'exception de ses bas blancs. Elle l'avait regardé et, avant même qu'elle ne s'en rende compte, il était déjà enfoui au plus profond d'elle. Ce n'est qu'après avoir partagé une douche ensemble qu'ils avaient ralenti la cadence. Après leur quatrième fois, sous une autre douche, elle n'avait presque plus été capable de marcher. Elle avait été stupéfaite de constater, peu après leur retour au lit, alors qu'ils riaient ensemble en se rappelant les chapeaux de certaines invitées, que son désir avait repris vie.

Ils restèrent allongés là, un long moment, Layla sur le dos, le visage tourné vers Sebastiano, et lui, sur le côté, les yeux clos. Seuls les légers cercles qu'il dessinait maintenant sur le ventre de Layla indiquaient qu'il était encore réveillé.

— Tu le sens ? murmura-t-elle alors que les petites palpitations venaient de reprendre, juste sous la paume de Sebastiano.

Sebastiano ouvrit brusquement les yeux, comme si sa question l'avait tiré aussitôt de sa quasi-somnolence. Le regard de Layla était rivé sur lui. Elle attrapa sa main à présent immobile et la pressa sur son propre ventre.

— C'est comme un battement d'ailes, reprit-elle. C'est une sensation unique au monde. Mon corps a si peu changé, pour l'instant, que j'ai peur parfois que ce soit seulement mon imagination, mais c'est bien réel, bien là. Et c'est notre bébé.

Le sang lui bourdonnait aux oreilles. Le tiraillement en lui, à chaque fois qu'il regardait le ventre de la jeune femme, était plus fort que jamais. Et à présent, concentré sur ce qui se passait sous sa peau, il pouvait en ressentir l'étrange plénitude. Les changements qui accompagnent un ventre en train de soutenir la création d'une vie.

— Oui, admit-il doucement. Je le sens.

Il ne pouvait plus le nier. Layla était enceinte.

Elle poussa un léger soupir de soulagement.

— Mais comment est-ce possible ? demanda-t-il. Nous nous sommes protégés.

À chaque fois, cette nuit-là. Ce qui ne faisait que confirmer qu'inconsciemment, il avait déjà accepté la vérité de la grossesse, car la veille, il n'avait pas pensé à se protéger.

Elle lui adressa un sourire impuissant.

— Je sais bien, dit-elle. Et je ne peux pas l'expliquer non plus. Mais ce bébé est de toi. Il n'y a eu qu'un seul homme avant toi, et ça s'est terminé il y a des années.

Le simple fait de l'imaginer avec un autre lui donnait la nausée. Il refoula cette pensée et roula sur le dos, les yeux fixés au plafond.

— Je veux croire que cet enfant est de moi, mais comment le pourrais-je ? J'accepte que des accidents puissent survenir, mais je n'ai rien remarqué d'anormal avec mes préservatifs.

Leur nuit ensemble avait été la plus intense et la plus passionnée de sa vie... jusqu'à aujourd'hui, bien sûr... mais il s'était méticuleusement protégé, il en était sûr.

Devant le silence de Layla, il se tourna vers elle et vit des larmes affleurer à ses beaux yeux. Cette vision lui serra tant le cœur qu'il ne put s'empêcher d'ajouter :

— Peu importe qui est le père.

Dans le cadre de l'enquête qu'il avait fait mener sur la jeune femme, son équipe avait fouillé sa vie intime. Layla n'avait eu qu'une seule relation, datant de ses années d'université. Quelle que soit l'identité du véritable père, il n'y avait aucune preuve de son existence, mais cela ne signifiait pas qu'il pouvait accepter l'idée d'avoir créé l'enfant avec elle. Sebastiano était un catholique qui ne croyait pas aux miracles.

— Tout l'intérêt de ce mariage est d'éviter un scandale, reprit-il. L'enfant portera mon nom, et le monde entier le verra comme le mien.

Se couvrant la poitrine avec le drap, Layla se redressa et le regarda. Des larmes brillaient encore au bord de ses yeux, mais elle réfléchissait.

— Pourquoi m'avoir imposé un mariage si tu ne croyais pas en être le père ? Je sais que tu es dans le déni, mais tu dois le savoir au fond de toi. Sinon, pourquoi inclure ces clauses concernant les enfants nés pendant le mariage dans notre contrat ? Pourquoi ne pas y inclure la conception ?

Une flamme de colère s'alluma en lui.

— Je te l'ai dit, ce mariage doit être crédible aux yeux de tous, et c'est déjà le cas. Il a éclipsé la perte financière, et l'annonce de ta grossesse ne fera qu'accentuer cette tendance. Quant à la clause, il aurait été impensable d'y inscrire la notion de conception. Cela aurait été suspect.

Elle secoua la tête, incrédule.

— Tu acceptes que je sois enceinte, tu as mené une enquête approfondie à mon sujet qui t'a prouvé que je n'avais pas d'autre amant et, pourtant, tu refuses toujours de croire que tu es le père ?

— Je ne crois pas aux miracles, Layla, répondit-il avec véhémence. Un test de paternité discret, après l'accouchement, le confirmera.

Un éclair de souffrance illumina son beau visage à ces mots.

— Tu ne crains pas que le père imaginaire surgisse à l'improviste ? demanda-t-elle.

Sebastiano prit une grande inspiration pour éteindre la colère qui s'était emparée de lui. Il ne voulait pas que cette nuit spectaculaire s'achève en dispute.

— Si cela arrive, il sera traité de fantaisiste, dit-il d'un ton plus doux en se retournant vers elle. Quoi qu'il arrive, l'enfant sera élevé comme si c'était le mien.

Elle se laissa retomber dans le lit, le visage tendu et les lèvres pincées.

— Tu avais tout planifié, n'est-ce pas ?

Pas planifié, mais pensé dans son esprit et rangé pour n'être utilisé qu'en cas de besoin.

— Je ne laisse jamais rien au hasard, dit-il en se rapprochant, avant de passer un bras autour d'elle. Tu devrais être contente.

Les yeux de la jeune femme lancèrent des éclairs. Elle aussi était en colère, maintenant. Il embrassa son épaule lisse.

— Tu gagnes quoi qu'il arrive, et ton enfant aussi, ajouta-t-il.

Il abaissa le drap et dévoila ses seins, petits mais à la forme parfaite. Il en prit un dans sa main et pinça doucement le téton.

— Il aura un père qui le reconnaîtra et lui assurera la sécurité pour la vie. C'est ce que tu voulais, n'est-ce pas, quand tu m'as enchaîné à ce lit en réclamant de l'argent ?

Elle conserva son regard rebelle, mais son corps réagit tout autrement à ses caresses.

Se glissant délicatement au-dessus d'elle, il repoussa doucement les mèches de cheveux de son visage et observa ses yeux myosotis palpiter quand son sexe en érection vint presser contre son pubis.

— Je sais que je t'ai imposé ce mariage, *cara*, mais je ne veux pas que tu sois malheureuse, ni que nous soyons en guerre. Crois-moi, je ferai tout ce qui est en mon pouvoir pour être un bon père, pour ce bébé qui grandit en toi.

Layla se plongea dans les yeux verts de Sebastiano et elle ne put réprimer un soupir avant de lui caresser la joue.

Elle était effrayée par la souffrance que lui causait son déni persistant d'être le père de ce bébé. Parce que cela signifiait qu'il la reniait, elle. Qu'il la croyait capable de faire passer l'enfant d'un autre pour le sien.

Mais malgré tout cela, il faisait ce qu'il fallait et cela comptait. Tout comme son honnêteté. Si elle laissait le déni de Sebastiano s'envenimer, la seule personne qu'elle blesserait, ce serait elle.

Levant les cuisses pour que son sexe vienne au contact du sien, elle s'approcha de sa bouche et murmura :

— Moi non plus, je ne veux pas que nous soyons en guerre.

Les lèvres de Sebastiano s'étirèrent en un sourire.

— Alors faisons la paix, répondit-il d'une voix rauque avant de fusionner sa bouche avec la sienne.

Puis, avec un long grognement très doux, il s'enfonça profondément en elle.

10

L'île où Sebastiano les avait emmenés pour leur lune de miel était tout à fait conforme à ses attentes.

Entièrement privée, sa plage dorée bordait la pelouse fleurie de leur villa. Le personnel était réduit à son strict minimum : un couple marié vivant dans un cottage au fond du parc, et qui ne venait les aider que lorsqu'on le lui demandait.

Ainsi qu'elle l'avait deviné, la garde-robe de sa lune de miel était composée, pour l'essentiel, de bikinis, de strings et d'autres accessoires de lingerie en dentelle. Layla ne s'en soucia pas, préférant rendre Sebastiano fou en portant diverses petites robes d'été à bretelles, sans rien en dessous. Si elle voulait nager ou bronzer, elle les enlevait, tout simplement, et se promenait nue. C'était le sentiment le plus libérateur du monde. C'était presque aussi libérateur que de faire l'amour où et quand elle le voulait. Où et quand Sebastiano le voulait.

Au bout de quatre jours, il n'y avait pas un meuble dans toute la villa qu'ils n'aient utilisé pour leur plaisir.

Elle ne pouvait plus entrer dans la cuisine sans se rappeler la fois où elle était en train de se servir un verre d'eau, quand il s'était glissé dans son dos et l'avait penchée sur le plan de travail pour la prendre passionnément. Elle ne pouvait plus passer devant la piscine sans voir le transat sur lequel il était allongé, somnolant, quand elle l'avait réveillé en le prenant dans sa bouche.

Parfois, elle souriait, presque choquée à l'idée de n'avoir aucune inhibition avec lui.

Peu importe le nombre de fois où elle jouissait. Elle en voulait toujours plus. Et toujours plus. Et toujours plus.

Plus de lui.

Elle avait conscience que faire l'amour tout le temps était aussi un moyen de ne pas penser à ce qui la tracassait. Peu importe. Ici, dans ce paradis terrestre, elle n'était que plaisir, et la simple vue de Sebastiano suffisait à l'embraser tout entière.

N'était-ce pas ce qu'elle s'était dit le jour où elle avait prononcé ses vœux ? Leur mariage serait un cauchemar seulement si elle décidait qu'il en serait ainsi. Sebastiano ne pourrait la blesser que si elle le laissait faire.

D'une certaine manière, il avait raison : elle devrait être heureuse à l'idée que son bébé bénéficie de la sécurité dont elle avait toujours rêvé.

Quand ils se sépareraient, Sebastiano aurait déjà la preuve de paternité qu'il avait tant exigée, et son enfant aurait ce qu'elle n'avait jamais eu : la sécurité financière, et aussi un père.

Et, s'il revenait sur sa parole et trouvait un moyen de faire annuler leur contrat de mariage, elle pourrait toujours se rabattre sur la maison de banlieue.

En attendant, jusqu'à ce qu'ils se séparent ou qu'ils fassent une overdose de sexe, selon ce qui se produirait en premier, elle avait un amant – c'était ainsi qu'elle s'entraînait à le considérer. Son amant.

Parce que, si elle commençait à le prendre pour son mari, elle risquerait, à terme, d'y croire.

À tout moment Sebastiano s'attendait à se réveiller du rêve dans lequel il était plongé. Il avait toujours eu une forte libido, mais là, c'était autre chose. Cinq jours de pur hédonisme heureux et, à présent, Layla le chevauchait sur la chaise de la salle à manger.

Il avait son sein dans sa bouche et ses cheveux répandus autour d'eux comme un drap soyeux. Le soleil se couchait sur la mer, et le parfum enivrant des fleurs dans l'air n'était rien, comparé au goût sensuel de Layla.

Il ne pouvait plus se passer d'elle. Si le sexe était une addiction, alors il allait devenir rapidement dépendant d'elle. Il l'était déjà, probablement.

Qui aurait cru, pensa-t-il après un énième orgasme surpuissant, qu'il était possible de devenir accro au sexe avec sa propre femme ?

Il était encore en elle lorsqu'elle l'embrassa et murmura :

— Une douche, mon amant ?

Il eut un rire bourru en pensant aux assiettes intactes, à côté d'eux.

— Un déjeuner, puis une douche ?

Elle cligna des yeux comme si elle avait complètement oublié le repas qu'ils s'apprêtaient à partager, puis son visage s'illumina.

— Oh oui ! s'exclama-t-elle. J'ai faim !

Un dernier baiser et elle se releva. C'est alors qu'elle se penchait pour ramasser sa robe tombée à terre dans le patio qu'il le remarqua. Son petit ventre. Quand était-il apparu ? Et ses seins n'étaient-ils pas plus gros ?

— Qu'est-ce qui ne va pas ?

Il croisa les myosotis interrogateurs et sourit.

— Rien. Je pensais simplement à quel point tu es belle.

Elle rougit, sourit, et reprit place dans le siège en rotin où elle était installée, avant de se jeter sur lui.

Elle grignota une chips puis se releva d'un bond.

— Musique ?

Il rit en remontant son short. Layla n'était jamais aussi heureuse qu'avec de la musique... sauf quand ils faisaient l'amour, évidemment. Son addiction au sexe était réciproque.

— Bien sûr.

Mais, en se rasseyant et en la regardant jouer avec son téléphone pour connecter sa playlist aux enceintes de la villa, il porta à nouveau son regard, le cœur battant, sur son ventre et ses seins. Même si sa robe courte était ample, il pouvait distinguer les contours d'un ventre qui semblait s'être arrondi en l'espace d'une heure. Pour la première fois, il pouvait *voir* qu'elle était enceinte.

Une musique de jazz retentit. Il détourna le regard de son ventre vers son visage. Elle lui tapota le nez et sourit.

— Je t'ai eu !

Elle remplaça le morceau par celui d'un groupe qu'ils aimaient tous les deux et reprit place, une assiette de salade et de frites froides à la main. Mais comme elle le regardait, son front se plissa d'inquiétude.

— Tu es sûr que tout va bien ?

Que pouvait-il lui dire ? Que sa grossesse était devenue visible et que son propre cœur s'était refroidi en le voyant ?

Il aurait aimé pouvoir effacer le cynisme qui l'empêchait de croire à tout ce qui n'était ni tangible ni vérifiable. Si son esprit refusait d'imaginer Layla avec un autre homme, était-ce parce que son addiction l'avait rendue entièrement sienne ou parce qu'il voulait trop croire que le bébé était de lui ?

C'était là que résidait le danger. Comment y croire, alors qu'il était sûr et certain de s'être protégé ? Mais pourquoi mentirait-elle ? Qu'y avait-il à gagner alors qu'elle avait déjà l'argent, qu'il avait payé Lawrence pour subventionner le cabinet d'avocats et qu'il lui avait promis au moins cinquante millions supplémentaires ? Layla pouvait partir maintenant, et il serait obligé de les lui donner. Elle n'avait plus besoin de mentir.

Il ouvrit la bouche pour lui assurer à nouveau que tout allait bien, puis changea d'avis avant même de pouvoir prononcer les mots.

— Comment es-tu devenue si bonne actrice ?

Layla le regarda, confuse.

— Tu es une personne, et la minute d'après, tu en es une autre.

— Toi aussi, protesta-t-elle, l'air interloquée. Quand nous sommes seuls, tu es très différent de celui que tu es en société.

— Peut-être, mais ça reste moi. Je ne peux pas me transformer en quelqu'un d'autre comme toi. Je te connais depuis deux ans, et pas une fois tu n'as laissé entendre que tu étais autre chose qu'une serveuse.

— Tu ne m'as jamais rien demandé.

— C'est vrai, mais jamais tu n'as dévoilé quoi que ce soit qui aurait pu me faire penser que tu avais d'autres activités.

— J'étais ce que tu attendais de moi, en tant que serveuse.

— C'est bien là où je veux en venir. Tu es un caméléon. Je ne peux être que différentes versions de moi-même, mais toi, tu peux t'assimiler à qui tu veux. Tu t'es intégrée à ma vie et à ma famille comme si tu étais née dans la société sicilienne...

— Mais c'est ce que tu voulais que je fasse ! C'est en partie pour ça que tu m'as obligée à t'épouser !

Il prit une grande inspiration pour se forcer à garder un ton calme.

— Je ne le nie pas. Je veux seulement savoir comment tu fais. Et comprendre d'où ça vient. Je veux te comprendre, Layla.

Elle haussa les épaules, impuissante.

— Je l'ignore.

— C'est quoi, alors ? Une sorte de superpouvoir ?

Il ne plaisantait qu'à moitié. Sebastiano avait rencontré de nombreux comédiens dont certains avaient remporté des prix. Layla était bien meilleure qu'eux.

Repoussant légèrement sa chaise, elle releva les genoux et entoura ses jambes de ses bras d'un air pensif.

— Je n'y ai jamais réfléchi, admit-elle.

— Essaye, insista-t-il. Quand te souviens-tu de l'avoir fait pour la première fois ?

Visiblement émue, Layla se mordilla la lèvre inférieure.

— À l'école primaire, finit-elle par répondre. J'ai très vite compris que j'étais différente des autres élèves et je ne voulais pas l'être.

— Différente en quoi ?

— À ton avis ? répliqua-t-elle en secouant la tête. J'étais la seule à ne pas avoir de papa.

— Il devait y avoir d'autres enfants qui grandissaient dans des familles monoparentales.

— Oui, mais j'étais la seule à ne l'avoir jamais connu. Je me souviens d'avoir supplié ma mère de me le faire rencontrer. Avec le recul, j'imagine à quel point cela a dû être difficile pour elle de me l'avouer : mon père était parti avant ma naissance, et ils avaient conclu un accord selon lequel il ne ferait pas partie de notre vie. Mais j'ai insisté malgré tout pour le rencontrer, si bien qu'elle a fini par céder et m'a promis de le recontacter. J'étais folle de joie.

Layla s'interrompit et détourna le regard. Elle noua ses cheveux en un chignon et, quand elle reprit la parole, sa voix avait perdu toute sa musicalité.

— Elle a reçu sa réponse un samedi. Je m'en souviens parce que je regardais des dessins animés en pyjama. Ma mère m'a prise dans ses bras et m'a serrée fort. Puis elle m'a annoncé qu'elle était désolée mais qu'il avait dit non.

— Quel âge avais-tu ?

— Cinq ans, répondit-elle avant de hausser les épaules. Alors tu vois, je pense que c'est ça qui m'a fait devenir le caméléon que tu décris.

— Tu cherchais de l'amour ? demanda-t-il, rompant le silence.

Elle plongea ses yeux dans les siens.

— Ma mère m'aimait assez pour deux. C'est le rejet qui m'a anéantie. C'est elle qu'il a abandonnée, pas moi. Moi, il m'a rejetée. Avant ma naissance, puis quand j'ai été assez grande pour vouloir le connaître. Ça m'a fait... très mal. Si ma mère ne m'avait pas constamment répété que ce n'était pas ma faute, j'aurais grandi en me persuadant qu'il y avait quelque chose d'intrinsèquement mauvais en moi. Voilà pourquoi je suis devenue experte dans l'art d'être n'importe qui. En devenant ce qu'on voulait que je sois, je ne risquais pas d'être rejetée.

Un sourire triste illumina son visage.

— C'est drôle de penser que c'est mon père qui, par inadvertance, m'a fourni les outils pour me sentir bien dans ma peau.

Il lui lança un regard interrogateur et elle poursuivit.

— J'ai trouvé la lettre qu'il avait envoyée à ma mère dans un tiroir quand j'avais quinze ans. En fait, elle était de son avocat, qui menaçait Jilly de poursuites judiciaires pour harcèlement. J'ai tout de suite compris que c'était une menace en l'air, mais aussi pourquoi cela l'avait terrifiée. Ma mère a quitté l'école à seize ans et a rencontré mon père, sans savoir qu'il était marié. Elle est tombée folle amoureuse de lui, mais il l'a quittée, dès qu'il a appris qu'elle était enceinte. Il était suffisamment riche pour lui acheter un petit logement, contre un document signé, stipulant que celui-ci remplaçait toute pension alimentaire. Il lui a cédé la garde exclusive et ne l'a jamais revue. Elle avait dix-neuf ans.

Sebastiano sentait son pouls marteler ses tempes. Son enquête sur Layla avait mis en lumière les bases de cette histoire, mais l'entendre de sa bouche, c'était autre chose…

— Ses parents étaient profondément religieux et ils l'ont reniée. Elle s'est retrouvée seule au monde avec un nouveau-né. Elle avait un toit, mais rien pour vivre. Je me souviens, petite, que je jouais à côté d'elle tandis qu'elle faisait des ménages. Ma mère s'est tuée à la tâche tandis que lui vivait dans le luxe avec sa famille. J'ai retrouvé sa trace via les réseaux sociaux, et, en voyant la vie de château qu'il menait, tout en nous laissant souffrir, j'ai compris quelle serait ma raison d'être.

— La loi, murmura-t-il, tandis que les pièces du puzzle s'assemblaient dans sa tête.

Elle acquiesça.

— L'argent que tu as donné au cabinet fera plus de bien que tout ce que tu peux imaginer.

Le cœur de Sebastiano battait à tout rompre dans sa poitrine. Layla avait fait de nombreuses années d'étude et gagnait, par choix, un salaire misérable, tout cela pour venir en aide à ceux qui étaient incapables de se débrouiller seuls dans la jungle du système juridique.

Dans son propre travail, il supervisait des milliers de personnes dont le seul but était d'enrichir les riches, et cette pensée lui serra soudain le ventre. Sa banque et ses filiales à travers le monde faisaient semblant d'intervenir dans des œuvres caritatives à différents niveaux, mais ce n'était qu'un moyen de plus pour gagner de la reconnaissance sociale et des points bonus.

Layla et son cabinet ne se contentaient pas de belles paroles. Elle portait des chaussures bon marché, afin de laisser plus d'argent dans les caisses pour les clients qui en avaient besoin.

Personne ne pouvait être aussi altruiste. Les anges n'existaient pas davantage que les miracles. Et puis, quel ange menotterait un homme à un lit pour lui extorquer cinq millions de livres ?

— Vas-tu utiliser la loi pour faire payer ton père ?

C'est ce qu'il aurait fait si son père les avait traités ainsi, sa mère et lui. Mais Layla lui lança un nouveau regard étonné.

— Et détruire ses enfants ? Mes demi-frères et sœurs ? Jamais de la vie. Ils sont innocents, dans cette histoire. Ils ne méritent pas que leur vie soit brisée.

— Et sa femme ? Elle devrait au moins le savoir, non ?

— Quoi ? Comme ta future femme qui sera au courant des maîtresses que tu auras plus tard ?

Respirant lourdement à travers le flot d'émotions qui l'envahissait, Sebastiano la fixa longuement. Parfois il oubliait tout ce que Layla avait appris en tenant le bar du club, pendant les soirées qu'il organisait.

— Dans mon monde, les liaisons se mènent discrètement, mais il est rare qu'une épouse ne le sache pas. D'ailleurs, celle-ci prend généralement un amant de son côté.

Les pommettes saillantes de Layla se colorèrent de rouge, et sa voix musicale était plus tendue lorsqu'elle reprit la parole.

— Prends toutes les maîtresses que tu voudras avec ta future femme, mais moi, je te préviens, je ne le supporterai pas.

Il posa les bras sur la table et appuya son visage contre le sien.

— Tu as accepté ce mariage, Layla. Tu savais à quoi tu t'engageais.

Cette fois, l'éclat dans ses yeux myosotis exprimait une souffrance pure. Elle se leva et se tourna vers lui.

— C'était t'épouser ou bien détruire l'entreprise qui se consacre à aider des personnes comme ma mère, lança-t-elle. Alors, ce n'était pas vraiment un choix, n'est-ce pas ? Et c'est là toute la différence entre toi et moi, Sebastiano : tu es heureux de détruire des innocents alors que moi, je n'ai jamais voulu que les aider.

— Où vas-tu ? s'exclama-t-il tandis qu'elle se dirigeait vers les portes coulissantes de la villa.

— Au lit. J'ai mal à la tête, alors n'hésite pas à prendre une chambre d'amis. Je suis sûre que ton équipe est convaincue de l'authenticité de notre mariage, à présent.

11

Layla s'était enfermée dans la salle de bains, avait pris une douche, puis elle avait enfilé la nuisette la moins sexy qu'elle avait pu trouver avant de se mettre au lit. Si la porte de la chambre avait été dotée d'une serrure, elle aurait tourné la clé.

Elle était incapable de dormir, mais cela dit, le soleil n'était même pas encore complètement couché. Elle essaya de se convaincre que, si elle continuait à cligner des yeux, c'était parce qu'elle était fatiguée et non parce qu'elle essayait furieusement de retenir ses larmes.

Elle avait reçu un message du notaire qui agissait en son nom pour l'achat de la maison en banlieue de Londres, ce qui n'avait fait qu'ajouter à son désarroi. Apparemment, il n'était pas possible d'accélérer la transaction, ce qui lui semblait aberrant. Elle venait d'envoyer un message à sa mère lorsqu'elle entendit la porte de la chambre s'ouvrir. Elle ferma les yeux et fit semblant de dormir, mais, lorsqu'elle sentit un corps chaud se glisser à côté d'elle, et que Sebastiano l'entoura de ses bras avant de déposer de petits baisers sur le sommet de sa tête, elle ne put retenir ses larmes plus longtemps.

— Je suis désolé, murmura-t-il dans ses cheveux.

Elle se détendit peu à peu.

Sebastiano l'embrassa de nouveau et soupira. Il ne comprenait toujours pas comment ils étaient passés du bonheur au cauchemar en moins d'une heure, mais il savait qu'il en avait été le moteur. Et tout cela parce que la vue du ventre de Layla avait déclenché en lui des émotions qu'il ne savait pas déchiffrer. Puis, la brutalité de son histoire d'abandon et de rejet par son père avait transformé ces émotions en quelque chose de brûlant et de rance.

Layla n'avait pas seulement été rejetée par son père, pensa-t-il avec une douleur à la poitrine, mais aussi par ses grands-parents. Rejetée avant même sa naissance.

Se serrant plus fort contre elle, il pressa sa paume contre la petite bosse de son ventre.

— Je te jure que la vie qui grandit sous ma main trouvera toujours un père en ma personne. Cet enfant sera mon héritier et je l'aimerai. Jamais je ne l'abandonnerai, ni le rejetterai.

Il lui semblait inconcevable qu'un homme puisse abandonner son propre enfant à la pauvreté. Sa famille n'était pas parfaite et il savait que des naissances cachées avaient existé, hors de l'arbre généalogique, mais personne n'avait été abandonné comme elle.

La bouffée de soulagement qu'il ressentit quand Layla se tourna enfin vers lui fut telle qu'il fut déconcerté par sa force, et tout autant par la douleur qu'il ressentit en voyant la tristesse qu'il avait causée, dans les yeux de la jeune femme.

— Quant à prendre une maîtresse... Qui voudrait d'une autre femme, alors qu'il t'a dans son lit ?

— Et quand je serai grosse comme une baleine ? murmura-t-elle.

Il frotta le bout de son nez contre le sien.

— Si tu ne veux pas que je prenne de maîtresse, je ne le ferai pas.

Ils se fixèrent longuement dans les yeux, puis elle soupira et posa une main sur les cheveux de Sebastiano en reprenant doucement la parole.

— Je me suis mariée les yeux ouverts, sachant exactement ce que cela signifiait. Mais je suis le fruit d'une liaison. Je sais qu'il y a toujours quelqu'un qui en souffre.

Layla ne pouvait même pas s'expliquer pourquoi elle souffrait autant à la pensée que Sebastiano ne s'abstienne de prendre une maîtresse tant qu'ils étaient mariés que parce qu'elle ne le souhaitait pas. Et non pas parce que *lui*, ne le voulait pas.

Le simple fait de l'imaginer avec une autre lui donnait instantanément la nausée.

Voilà pourquoi elle devait le considérer uniquement comme son amant. Un jour, il serait le mari d'une autre. Il appartiendrait à une femme qui ne serait pas elle.

Layla n'avait jamais confié à personne l'histoire de cette lettre maudite et de ces souvenirs d'enfance si cruels.

La peur lui parcourut soudain le dos comme des aiguilles glacées et, quand Sebastiano lui murmura que jamais il ne lui ferait de mal, elle enfonça les doigts dans ses cheveux et l'embrassa plus fiévreusement que jamais auparavant.

Tandis qu'il serpentait le long de son corps en l'embrassant, elle ferma les yeux et pria pour que le plaisir chasse la peur de la souffrance que Sebastiano pourrait lui infliger. Sa dernière pensée avant que sa langue savante ne la conduise à l'extase fut qu'elle devait protéger son cœur beaucoup plus étroitement. Il était son amant, et leur mariage, une mise en scène. Elle devait s'en souvenir. À tout prix.

Après une réunion interminable à Francfort, Sebastiano attendait devant la villa que Layla le rejoigne dans la voiture. Son cœur avait vibré à l'idée de la revoir pendant tout le trajet qui l'avait amené de l'aéroport jusqu'ici. Et lorsqu'elle apparut à la porte, il eut le sentiment qu'une nuée de papillons se déployait dans sa poitrine. Elle s'avança parmi les statues de marbre baignées du soleil de ce début d'automne.

Lorsqu'elle s'approcha de la voiture, le décor de la villa et la lueur dorée qui l'enveloppait formèrent une aura angélique qui l'éblouit avec la même force que lorsqu'elle avait marché jusqu'à lui dans la chapelle. Il était tellement subjugué par cette vision qu'il ne remarqua pas le téléphone collé à son oreille jusqu'à ce qu'elle se glisse à côté de lui.

— Désolée, murmura-t-elle.

Ce n'était pas l'accueil qu'il avait imaginé, après leur première nuit séparés, depuis le mariage. Une seule nuit loin d'elle et sa beauté s'était accrue. Son œil expert remarqua que ses seins, saillants contre sa longue robe rouge, avaient également grossi et que le joli petit ventre rond qui serait bientôt examiné à la clinique privée fréquentée par des générations de Russo était plus proéminent que dans ses souvenirs. Layla termina son appel par une longue expiration avant de finalement lui accorder son attention.

— Tu as fait bon voyage ?

Elle lui donna un baiser bien trop bref à son goût.

— À qui parlais-tu ? demanda-t-il. Ça semblait important.

— Mon notaire - celui qui est censé organiser l'achat de ma maison.

Il lui fallut un moment pour digérer cette information.

— Tu achètes une maison ?

— J'ai fait une offre après ma première visite. Je l'avais repérée, le week-end avant ton enlèvement. Elle est parfaite.

Il ressentit un pincement douloureux au ventre.

— Parfaite pour quoi ?

— Pour une famille.

— Et tu n'as pas pensé à m'en parler ?

La surprise illumina le visage de Layla.

— Mais si. Je t'ai dit que je voulais de l'argent afin d'acheter une maison, pour le bébé et moi.

— Tu as une maison, fit-il remarquer, en s'efforçant de ravaler sa colère. Ici, avec moi.

— Mais ce ne sera pas pour toujours et, de plus, je veux absolument sortir maman de cet enfer.

Elle serra les dents et poussa un profond soupir avant de reprendre.

— Elle a enfin accepté de déménager, mais plus ça traîne, plus je crains qu'elle ne change d'avis. Si elle refuse de bouger, une fois l'achat finalisé, il faudra que tu la kidnappes.

— Content de savoir que tu as besoin de moi, lança-t-il d'un ton sarcastique.

Elle haussa un sourcil.

— Qu'est-ce que ça veut dire ?

Il prit une grande inspiration. Par pure arrogance, il s'était dit qu'il manquerait à Layla, lors de leur première séparation en trois semaines. Ce qu'il n'avait pas imaginé, c'était qu'*elle*, lui manquerait autant. Mais à en juger par le comportement de la jeune femme, il aurait tout aussi bien pu être parti depuis dix minutes.

— Layla, commença-t-il d'un ton calme. Je viens d'apprendre que tu achètes une maison à mon insu pour y emménager avec ta mère. Tu ne crois pas que tu aurais pu en discuter avec moi ?

Elle parut perplexe.

— Je suis ton mari, ajouta-t-il. Nous sommes censés discuter ensemble des choses importantes.

— Tu le fais, toi, avec moi ?

— Si c'était important, je le ferais.

Il prit une autre grande inspiration. Il ne voulait pas se disputer avec elle. Le souvenir de leur querelle, durant leur lune de miel, lui avait laissé un goût amer dans la bouche. Aucun d'eux n'en avait reparlé. Ils étaient rentrés chez eux et s'étaient lancés dans la vie de couple. Mais malgré le fait que tout se passait bien entre eux – leur vie sexuelle étant toujours aussi explosive –, Sebastiano ne pouvait s'empêcher de penser qu'ils construisaient un mariage sur du sable.

— Parle-moi de cette maison.

Le regard troublé, elle lui montra l'annonce, qui était toujours en ligne.

— Elle est petite, nota-t-il.

— Mais immense, comparée à notre ancien logement.

Il continua à parcourir l'annonce.

— Le quartier est correct, mais il sera impossible d'installer une sécurité adéquate.

— Je n'ai pas besoin de sécurité.

Il haussa un sourcil.

— Tu es ma femme. Ton enfant sera un Russo. Il sera la cible de kidnappeurs. Je suis désolé, Layla, mais cela ne peut absolument pas convenir.

Il lui expliqua ensuite pourquoi et, à mesure qu'il développait, Layla pâlit de plus en plus.

— J'ai une proposition, annonça-t-il, tandis que la voiture s'engageait dans une longue allée qui menait à la clinique. Pourquoi ne pas chercher ensemble une maison convenable ? Je l'achèterais et la mettrais à ton nom. Ainsi, nous pourrions l'utiliser comme base londonienne.

À partir de lundi prochain, Layla retournerait travailler en semaine, à Londres. L'appartement de Sebastiano, situé en centre-ville de la capitale anglaise, conviendrait parfaitement à un bébé, mais moins à un jeune enfant. Ils avaient besoin d'un foyer convenable mieux adapté, et Layla lui avait donné l'occasion idéale de le lui proposer.

— Nous ? répéta-t-elle.

— J'organiserai mon emploi du temps pour passer autant de temps que possible à Londres. Je te rappelle que nous sommes jeunes mariés, ajouta-t-il. Les gens vont jaser s'ils nous voient séparés trop souvent.

Layla se mordilla la lèvre inférieure, tout en se retenant de préciser à Sebastiano qu'elle achetait cette maison pour elle et leur bébé, pour la période qui suivrait leur divorce.

Elle avait supposé que, une fois leur lune de miel achevée, Sebastiano reprendrait sa vie professionnelle normale et les nombreux voyages que celle-ci impliquait. Jusqu'à présent, cependant, il travaillait essentiellement depuis la maison, ne quittant leur villa sicilienne que pour les réunions les plus importantes.

Elle avait sous-estimé sa détermination à rendre leur mariage authentique aux yeux du monde. Quand elle était assise dans son bureau, elle était pleinement consciente que Sebastiano travaillait de l'autre côté du mur. Ils partageaient leurs repas ensemble et, le soir, ils fermaient la porte de la chambre et tombaient dans les bras l'un de l'autre.

Comment se rappeler que tout cela n'était qu'une mise en scène alors qu'ils étaient si rarement séparés et que Sebastiano la traitait comme si elle était sa véritable épouse ? Cela devenait impossible.

Le pire, c'était que, lorsqu'ils étaient séparés, son absence lui était presque insupportable. La nuit dernière, elle avait dormi seule et cela avait été horrible. Pour la première fois depuis son arrivée en Sicile, ses insomnies avaient refait surface. Elle avait besoin d'une vraie séparation.

Elle espérait rester loin de lui du lundi au vendredi, afin de créer cette distance physique et émotionnelle salvatrice. Car c'était bien ça le pire, elle sentait qu'elle s'attachait émotionnellement à lui.

Mais elle était acculée. Il était trop tôt pour commencer à mettre en place la distance qui servirait à expliquer l'échec de leur mariage. Les spéculations allaient déjà bon train dans la presse au sujet de sa grossesse. Son petit ventre, capturé sur une photo lors d'un gala, prouvait largement l'authenticité de leur union.

Ce qui l'effrayait le plus, c'était d'imaginer ce qui se passerait après la naissance, quand le test ADN prouverait qu'il était bien le père. Et s'il décidait que cela signifiait que leur mariage devait durer indéfiniment ? Et s'il ne le faisait pas ?

Elle ne savait pas quel scénario la terrifiait le plus. Si Sebastiano voulait qu'ils restent ensemble, ce serait uniquement pour leur enfant. S'il la laissait partir, ce serait pour avoir un second héritier avec une autre femme. Quoi qu'il arrive, Layla était perdante.

— Tu n'as pas l'air très réjouie par ma proposition, fit-il remarquer en coupant court à ses pensées sinistres.

L'espace d'un instant, elle faillit éclater en sanglots. Comment lui avouer les raisons qui la rendaient malheureuse ? Elle savait qu'elle devait se montrer reconnaissante de tout ce qu'il faisait pour le bébé, avant même de connaître le résultat du test ADN. Elle chassa donc son découragement.

— Je comprends ta logique, admit-elle. Mais qu'en est-il de ma mère ?

— Elle peut emménager avec nous à Londres. Ou même ici, si elle préfère.

Layla ouvrit la bouche, stupéfaite.

— Nous veillerons à ce que la propriété londonienne dispose d'un appartement indépendant, ou d'un logement séparé sur le domaine. Et en Sicile, elle pourra aménager un des cottages d'invités.

— Tu es sérieux ?

Par pitié, Sebastiano, dis-moi que non. Ne fais rien d'autre de merveilleux pour moi. J'ai besoin de te détester plus que je ne t'aime... comme toi.

Il la fixa d'un air perplexe.

— Est-il vraiment nécessaire de te le confirmer ?

Elle détourna brièvement le visage pour qu'il ne voie pas les larmes qui affleuraient à ses yeux.

— Tu serais d'accord pour que ma mère vienne vivre avec nous ?

Il fit une grimace amusée et croisa les bras.

— Je suis sicilien. La famille est tout pour nous, et ta mère est tout pour toi.

Les larmes revinrent, brûlantes et menaçant de déborder, aussi, elle se tourna vers le grand bâtiment blanc devant lequel ils s'étaient arrêtés.

En Angleterre, elle se serait déjà précipitée à l'intérieur, de crainte d'être en retard à son rendez-vous. Ici, dans cette clinique privée entourée d'un parc sublime, les gens l'attendraient. Après tout, elle n'était plus la simple avocate Layla Sansom. Elle était l'épouse du grand Sebastiano Russo.

— Jamais Jilly ne sera d'accord, finit-elle par murmurer.

— Pourquoi pas ?

— Je n'ai réussi à la convaincre de déménager dans la maison de banlieue qu'en lui parlant du jardin – c'est sa thérapie. Quand elle s'assoit dans notre petit jardin avec une tasse de thé, elle parvient à oublier que la maison d'à côté est un magasin de stupéfiants et que les vampires envahissent les rues, la nuit, ajouta-t-elle avec un petit rire triste. Elle a cette capacité à se concentrer sur les belles choses en ignorant les laides. Elle a transformé cette maisonnette en un sanctuaire joyeux, à l'abri du monde extérieur. Jamais elle n'acceptera de vivre dans un autre pays.

Sebastiano eut du mal à étouffer la bouffée de colère qui l'avait envahi – dirigée contre lui-même. Il savait à quel point Layla avait désespérément voulu partir de cette maison avant la naissance de leur bébé et il aurait dû comprendre qu'elle souhaitait que sa mère la quitte. Jilly Sansom était sa belle-mère. Elle faisait donc partie de sa famille. Sa sécurité ressortait de sa responsabilité, autant que celle de sa fille et de son enfant. Il hocha la tête brusquement.

— Me laisserais-tu lui parler ?

Layla se tourna vers lui.

— Pour lui dire quoi ?

Il se força à lui sourire.

— Fais-moi confiance, je trouverai les mots justes.

Elle répondit par un sourire qui était aussi forcé que le sien.

— Je sais que j'ai suggéré un kidnapping, mais pas de menottes, s'il te plaît.

Cette fois, il lui sourit largement et il noya son anxiété dans un baiser profond avant de rétorquer d'une voix rauque :

— Crois-moi, mon petit lapin, tu es la seule personne à qui j'ai envie de passer les menottes.

Layla eut le sentiment d'entrer dans un hôtel cinq étoiles plutôt que dans une clinique. La seule différence résidait dans le léger parfum de désinfectant qui imprégnait les murs de cet endroit luxueux. Un responsable les escorta dans un large couloir recouvert d'une épaisse moquette jusqu'à la maternité, détaillant dans un anglais parfait les équipements qu'ils avaient à offrir à une future maman et les soins qu'elle pouvait en attendre. Après une visite complète des lieux, Layla était convaincue que c'était l'endroit idéal pour mettre au monde son bébé.

Quand ils entrèrent dans la salle d'examen, elle s'allongea sur le lit et souleva son haut pour exposer son ventre rond, au comble de l'excitation. Sa première échographie avait été le moment le plus magique de sa vie et elle avait compté les jours avant de pouvoir revoir son bébé…

Elle aperçut l'expression du visage de Sebastiano, et son cœur se serra. Il n'y avait aucune trace d'émotion dans ses yeux verts.

Après un instant, elle détourna le regard et adressa un sourire au doux visage de l'échographiste, avant de fixer l'écran, à côté d'elle. Elle ne laisserait pas le manque d'enthousiasme de Sebastiano gâcher ce moment tant attendu.

Les battements cardiaques du bébé étaient bien plus forts que ce à quoi Sebastiano s'était préparé.

Ils emplirent la pièce, et les battements de son propre cœur s'accélérèrent.

Puis l'image apparut à l'écran. L'échographiste appuya une sonde sur le côté du ventre de Layla et, soudain, l'image devint plus claire et Sebastiano distingua une tête… un ventre… des membres.

Un brouillard s'empara de son esprit.

— Le bébé est-il de la bonne taille ? entendit-il Layla demander au médecin, d'une voix anxieuse.

— Je vais vérifier, répondit celui-ci. Vous êtes inquiète ?

— Un peu, avoua-t-elle. Mon ventre est si petit, encore.

C'était cela qui la préoccupait ?

Le médecin prit des mesures en tapotant sur son clavier d'une main, tout en passant la sonde sur le ventre de Layla de l'autre. Sebastiano ne s'aperçut qu'il retenait son souffle qu'au moment où l'homme se tourna vers elle en souriant.

— Tout est parfaitement dans les normes. Votre bébé grandit très bien.

Un soulagement manifeste s'afficha sur le visage de la jeune femme. Quant à lui, il eut le sentiment de respirer un peu mieux.

— Voudriez-vous connaître le sexe de l'enfant ?

Pour la première fois depuis qu'elle était montée sur le lit médicalisé, Layla détourna les yeux de l'écran pour les porter sur Sebastiano. Une question se lisait dans ses yeux myosotis. Comme une supplication qui lui fit l'effet d'un coup de tonnerre. Elle le suppliait de la croire.

— Et toi, veux-tu le savoir ? lui demanda-t-il à voix basse.

Elle secoua la tête.

— Alors, que ce soit une surprise, déclara-t-il.

Dans la voiture, en route vers la villa, le cœur de Sebastiano avait retrouvé un rythme normal, mais les pulsations dans sa tête persistaient. En voyant Layla fixer d'un air d'adoration les photos de l'échographie, il ne put s'empêcher de dire :

— Tu craignais qu'il soit trop petit ?

Elle pressa la photo contre sa poitrine, juste au-dessus de son cœur, puis la glissa dans son sac à main.

— C'était plus une inquiétude mineure qu'une véritable peur.

— Pourquoi ne m'en as-tu pas parlé ?

Le front de la jeune femme se plissa.

— Je n'y avais pas pensé.

Il respira calmement.

— *Cara*, dit-il doucement en lui prenant la main. Tu ne peux pas continuer à me cacher des choses qui comptent pour toi. Si tu as des inquiétudes, tu dois m'en faire part.

Même si Layla savait qu'elle ne devait pas se sentir coupable, sa remarque lui fit l'effet d'un coup de poignard.

Mais s'il voulait qu'elle se montre honnête avec lui... eh bien, elle allait le faire.

— Ce n'était pas intentionnel, murmura-t-elle. Je pense que c'est parce que tu ne crois toujours pas que ce bébé est de toi... Ça m'empêche de te parler de la grossesse.

Il faisait tout ce qu'un futur père devait faire, mais cela semblait clinique, comme s'il n'y mettait aucun cœur.

Elle avait vu son reflet sur l'écran du moniteur tandis qu'ils contemplaient les images du bébé. Son visage était impassible. Tout cela parce qu'il n'arrivait pas à admettre que ce bébé était de lui.

— Écoute-moi, fit-il d'un ton ferme. Ce que je crois n'a aucune importance. Le bébé est à moi. Je serai toujours son père et je serai toujours là pour toi. Aie confiance dans ces paroles, Layla, et cesse de m'écarter. Nous sommes ensemble dans cette histoire.

Oh ! comme elle mourait d'envie d'y croire !

Elle y aspirait, de toute la force de son cœur.

12

Depuis le jour où elle avait menotté Sebastiano à un lit, les choses s'étaient déroulées à une vitesse vertigineuse. Et il n'avait pas fini de lui donner le vertige. Un jour, il lui avait demandé de lui faire confiance pour trouver les mots justes, afin de convaincre sa mère de déménager, et le lendemain, il avait pris l'avion pour Londres, revenant à temps pour le dîner avec un sourire satisfait.

Quoi qu'il ait pu dire à Jilly – tous deux gardaient le secret à ce sujet –, cela avait fonctionné. Deux jours plus tard, sa mère avait atterri en Sicile, avant de choisir l'un des cottages pour s'y installer. Elle était aussitôt tombée amoureuse de ce beau pays et du jardin magnifique qui entourait sa nouvelle maison – trois fois plus grand que le sien à Londres – et, quelques semaines après son emménagement, elle semblait plus heureuse que Layla ne pouvait s'en souvenir. Sa mère rayonnait d'un tel bonheur que Layla n'avait pu s'empêcher de lui rappeler que ce n'était pas éternel. Son mariage était destiné à s'achever, tôt ou tard.

— Tout ira bien, répliqua Jilly avec un sourire. Tu verras.

Mais bien pour qui ? se demandait Layla. Et puisque se poser trop de questions lui faisait mal au cœur, elle se jeta à corps perdu dans son travail, utilisant son temps libre pour relancer les invités du mariage qui avaient manifesté leur souhait de faire des dons à l'entreprise.

L'argent afflua et s'accumula si vite que, lorsque Sebastiano, lors d'un dîner avec Lawrence et son mari, leur suggéra d'augmenter les salaires de leur équipe pour se rendre plus compétitifs face aux nouvelles recrues, ils ne se mirent pas à écarter cette idée en riant. En revanche, ils éclatèrent d'un rire incrédule lorsqu'il leur proposa de mettre à leur disposition l'un des étages du gratte-ciel londonien de la Russo Banca Internazionale, situé dans le quartier des affaires.

C'était un geste merveilleux de la part de Sebastiano. L'étage qu'il leur avait donné était trois fois plus grand que celui qu'ils occupaient depuis trente ans, et il leur alloua un bail gratuit, pour une durée minimale garantie de vingt ans.

Une semaine après son emménagement, Clayton Community Law disposait d'une liste de candidats potentiels souhaitant rejoindre le cabinet une fois diplômés. Les demandes de stage affluaient aussi vite que l'argent, et ils devaient maintenant trier, parmi les candidats, ceux qui étaient sincèrement intéressés par l'idée de rejoindre un cabinet philanthropique, et pas seulement par un salaire important et un bureau avec vue.

Layla faisait face elle aussi à des problèmes d'ordre personnel : ce déménagement ne lui laissait aucun répit, face à Sebastiano. Même lorsqu'il était en déplacement, elle travaillait désormais dans un bâtiment dont il était propriétaire. Dans le hall, elle était accueillie par une affiche le représentant, entouré de ses équipes. Elle utilisait l'ascenseur qu'il avait occupé et prenait ses repas – il avait insisté – dans la cantine de la banque – qui ressemblait davantage à un restaurant étoilé. Impossible de s'asseoir à son bureau sans penser à lui, d'autant que sa chaise elle-même avait été importée spécialement du Japon pour offrir une assise confortable aux femmes enceintes.

En l'espace de trois mois, Sebastiano s'était insinué dans tous les aspects de sa vie, et elle luttait chaque jour un peu plus pour se dire que ce bonheur n'était qu'éphémère.

Layla se tenait dans son dressing de la villa sicilienne, essayant de choisir quelle robe, spécialement conçue pour elle, elle allait porter pour la soirée qui s'annonçait. Elle avait dû adapter sa garde-robe à sa nouvelle morphologie. À sept mois de grossesse, son ventre était encore menu, mais plus aucun de ses anciens vêtements ne lui allait.

Alors qu'elle optait pour une robe rouge vaporeuse, un mouvement attira son regard à travers la fenêtre et son cœur s'emballa dans sa poitrine, avant même qu'elle ne reconnaisse la voiture qui remontait lentement l'allée.

Sebastiano était de retour.

Cinq nuits sans lui. C'était leur plus longue séparation, et l'endurer avait été un enfer.

Elle s'agrippa fermement au rebord de la fenêtre et résista à l'envie de dévaler l'escalier pour se précipiter à sa rencontre. Elle devait d'abord se ressaisir, car elle ne supportait pas l'idée qu'il puisse deviner, dans ses yeux, à quel point il lui avait désespérément manqué.

Alors, elle prit place sur une chaise longue sous la fenêtre avec un livre, espérant donner l'image d'une femme qui profitait d'un samedi après-midi tranquille. Pourvu qu'il ne la regarde pas de trop près. Il risquerait de voir les poches sous ses yeux, causées par cinq nuits d'insomnie et que des patchs en gel, suivis d'anticernes coûteux, avaient à peine réussi à dissimuler.

Sebastiano monta les marches quatre à quatre, refoulant sa déception de ne pas avoir été accueilli par un corps chaud et des lèvres douces, dès son arrivée. Le majordome l'avait informé que Layla se reposait. Elle était enceinte de sept mois, se rappela-t-il. Son ventre avait beau être plus discret que d'ordinaire à ce stade de la grossesse, les effets sur son corps étaient les mêmes. C'est un point qu'il devait constamment se rappeler, car, en apparence, Sebastiano avait un mariage dont la plupart des hommes qu'il connaissait ne pouvaient que rêver.

Layla ne se plaignait pas de ses horaires. Elle ne râlait pas s'il devait changer ses plans à la dernière minute pour des raisons indépendantes de sa volonté. Elle ne demandait pas à l'accompagner pour des voyages d'une nuit. Elle n'exigeait pas un compte rendu détaillé de la façon dont il occupait son temps quand il était loin d'elle. Il aurait préféré qu'elle le fasse. Au moins, cela aurait montré qu'elle se souciait de lui.

Ses pas ralentirent tandis qu'il approchait de leur chambre. Une oppression se forma dans sa poitrine, à l'idée de la revoir. Elle qui avait rougi de colère à la possibilité qu'il ait une maîtresse..., elle devait s'en moquer à présent. Il était presque tenté d'en prendre une, juste pour voir sa réaction.

Deux choses l'en empêchaient. Et d'une, il lui avait fait la promesse de lui être fidèle et de deux, il ne s'intéressait à personne d'autre. Même quand il était seul au lit, ses fantasmes ne tournaient qu'autour de Layla. Comme tout son monde, au fond.

En apparence, elle était aussi parfaite qu'avant. Elle était l'épouse publique parfaite, l'hôtesse parfaite, la belle-fille parfaite. Et le sexe entre eux était toujours aussi éblouissant.

Pourtant... pourtant, lorsqu'ils étaient séparés, il avait le sentiment qu'elle ne pensait plus à lui. Ces cinq derniers jours, c'était toujours lui qui l'avait appelée. C'était comme si elle avait fermé une part d'elle-même, et plus leur mariage durait, plus il le ressentait intensément et plus cela le rongeait.

Il ouvrit la porte de leur chambre.

Layla était allongée sur la chaise longue en train de lire. La lueur qui flamba dans ses yeux quand elle l'aperçut diminua un peu la tension qui l'oppressait.

— Tu es de retour ! s'exclama-t-elle en jetant son livre sans marquer la page où elle en était.

Elle se leva et s'approcha de lui avec une grâce que même sept mois de grossesse ne pouvaient entamer. Puis elle lança les bras autour de son cou. La chaleur bienvenue de son baiser passionné l'emporta sur le reste, et il le lui rendit avec toute la faim accumulée pendant ces interminables journées séparées.

Puis il s'écarta légèrement et prit son visage en coupe entre ses mains pour contempler celle qui lui avait tant manqué. Ses joues étaient roses et, dans ses yeux myosotis, il vit briller un désir qui ne mentait pas.

Il se pencha vers elle.

— *Mi sei mancata tantissimo*, murmura-t-il avant de l'étouffer d'un autre baiser passionné.

Le prétendu détachement de Layla partit en fumée dès que Sebastiano franchit la porte de leur chambre. La joie qui l'envahit était trop puissante pour qu'elle puisse y résister.

Parviendrait-elle un jour à respirer normalement quand elle regardait cet homme ? se demanda-t-elle en savourant le bonheur d'être de nouveau dans ses bras. À quel moment ne ressentirait-elle plus ce désir inouï pour lui ? Et cette sensation vertigineuse, rien qu'en humant le parfum subtil de son eau de Cologne ?

En quelques secondes, il la souleva délicatement dans les airs et la déposa sur le lit.

Entre deux baisers furieux, il lui ôta son pull en cachemire, puis il dégrafa son soutien-gorge. Il la poussa doucement sur le dos et déposa des baisers brûlants le long de sa gorge et jusqu'à ses seins, mordillant, léchant, taquinant, tout en glissant une main sous sa jupe courte pour prendre son sexe en coupe. Il fit descendre sa culotte le long de ses cuisses et de ses mollets, et elle s'en débarrassa d'un coup de pied, avant de s'attaquer à son tour à son pantalon. Avec des gestes experts, elle le déboutonna et fit descendre sa braguette et son boxer avant de prendre son sexe dressé et énorme dans sa main. Tandis qu'il continuait à la caresser entre les jambes et que sa bouche et sa langue opéraient leur magie sur ses seins, Layla le masturba en l'attirant plus près de sa chaleur, afin qu'il remplace ses doigts par son membre et qu'il la pénètre, comme elle en mourait d'envie.

Elle gémit bruyamment lorsqu'il la remplit, et enroula les jambes autour de sa taille.

C'était ce qui lui manquait quand il était loin d'elle, tentait-elle désespérément de se dire. Sa manière de la posséder. Cette surcharge sensorielle, totale et absolue, que seul Sebastiano pouvait lui procurer.

Allongée sur le dos, elle ferma les yeux, savourant le plaisir qui montait inexorablement à chacune de ses poussées profondes. Il entremêla ses doigts aux siens et accéléra la cadence. Le plaisir était presque insupportable et il monta jusqu'à exploser en une vague d'extase qui lui fit ouvrir les yeux et crier son nom.

Les yeux sombres et voilés, Sebastiano l'embrassa passionnément, puis avec un grognement de plaisir il s'enfonça une dernière fois en elle, la rejoignant dans la jouissance. Cette dernière poussée déclencha une ultime vague de bonheur et, tandis que Layla la chevauchait – leurs bouches fusionnées et Sebastiano si profondément en elle qu'ils ne faisaient qu'un –, quelque chose d'autre, de nouveau, se libéra et la parcourut avec une telle puissance qu'elle cria plus fort qu'elle ne l'avait jamais fait.

La vague provenait directement de son cœur.

Il fallut un long moment à Sebastiano pour que les frissons de son orgasme s'estompent. Et plus encore pour qu'il parvienne à se détacher de Layla et rouler sur le côté.

Les battements fous de son cœur pulsaient contre sa poitrine, et il inspira profondément pour tenter de retrouver complètement ses esprits.

Après tout ce temps ensemble, comment était-il possible que chaque jour soit encore plus beau que le précédent ?

Ses doigts entrelacés à ceux de Layla, il la fixa, souhaitant pouvoir lire ses pensées tandis qu'elle le dévisageait avec la même intensité.

Il y avait une pâleur dans ses traits qu'il n'avait pas remarquée plus tôt. De légers cernes sous ses yeux.

S'était-il trompé au sujet des sentiments qu'elle éprouvait pour lui ? Se pouvait-il qu'il ait vraiment manqué à Layla ?

Était-il possible, se demanda Layla, impuissante, en contemplant les yeux verts profonds de Sebastiano, qu'elle lui ait manqué, ne serait-ce qu'un tout petit peu ? *Elle*, et pas seulement le sexe époustouflant qu'ils partageaient ?

— Nous devrions nous préparer pour la soirée, finit-il par murmurer. Surtout si tu veux avoir le temps de prendre un bain avant.

— Sans doute, répondit-elle doucement.

Elle n'était pas pressée de quitter ce lit. Et encore moins de le quitter, lui. Soudain, une vague d'émotions la submergea, suffisamment forte pour que ses yeux s'emplissent de larmes.

Sebastiano se redressa d'un air inquiet.

— *Cara* ?

Elle renifla et lui adressa un sourire.

— Notre bébé donne des coups de pied.

— Et ça te fait pleurer ?

Non, c'est le fait de devoir te perdre qui me fait mal au point de pleurer…

— Je suis juste un peu émotive…

— Je peux sentir ?

Son cœur se serra. Sebastiano n'avait jamais demandé cela jusqu'à maintenant.

— Tu en as envie ?

— Oui…

La sincérité dans sa voix l'émut davantage et elle prit sa main pour la poser sur son ventre.

La paume de Sebastiano resta posée si longtemps sur le ventre de Layla qu'il crut que le bébé avait fini par s'endormir.

Et puis, il le sentit. Un petit coup, juste contre sa paume.

Il rit, tant cela lui paraissait étrange.

— C'est quelque chose, n'est-ce pas ? lui demanda Layla, les yeux humides, mais cette fois ses larmes étaient beaucoup plus joyeuses.

Il reçut un second coup de pied et les ondes qui en découlèrent le balayèrent directement jusqu'au cœur, puis s'étendirent à chaque parcelle de son être.

C'était son bébé.

Celui de Layla et le sien.

La chambre était vide quand Sebastiano sortit de sa salle de bains, fraîchement douché et vêtu d'un smoking. Le parfum de fleur de cerisier qui flottait dans la pièce lui indiqua que Layla était encore dans son bain. Cette habitude quotidienne lui permettait de gérer les légères douleurs de dos liées à sa grossesse, depuis quelque temps.

Il frappa à la porte de sa salle de bains, passa la tête et sourit en l'apercevant immergée sous une montagne de bulles, les cheveux relevés sur la tête, en train de lire.

— Tu vas tremper les pages, lança-t-il.

— Dans ce cas invente-moi des livres waterproof.

— C'est au-delà de mes compétences. Je vais me servir un verre. Tu veux quelque chose ?

— Non merci, je n'ai besoin de rien.

— Ne traîne pas trop. L'hélicoptère sera là dans une heure.

— Je finis juste ce chapitre et je sors. Je ne serai pas longue à me préparer.

Il lui envoya un baiser, descendit, se versa un grand scotch bien mérité, puis se dirigea vers son bureau pour vérifier son emploi du temps.

Son esprit était en proie à trop de pensées contradictoires et tumultueuses. Lui, l'homme qui ne laissait jamais ses émotions dicter ses actions, s'était retrouvé au bord de la paralysie. Il avait besoin de se concentrer sur quelque chose de concret, d'où sa décision de revoir son emploi du temps.

Cela ne pouvait plus continuer ainsi. Il devait s'occuper de ces voyages qui le séparaient de Layla et trouver le moyen d'en réduire le nombre encore plus.

Il avait même eu l'idée folle de lui proposer de travailler à distance depuis la Sicile quelques jours par semaine. Ainsi, ils pourraient passer davantage de temps ensemble. Mais il avait rapidement rejeté l'idée, sachant qu'elle ne serait pas d'accord.

Il prit une gorgée de son scotch. Se demandant quel serait l'emploi du temps de Layla pour les prochaines semaines, il franchit la porte de séparation menant à son bureau désormais rarement utilisé. Giovanna reproduisait fidèlement l'emploi du temps de Layla dans un agenda conservé sur le bureau de celle-ci. Le courrier y était soigneusement empilé. Vu la pile qui s'y trouvait, elle ne l'avait pas consulté depuis son retour de Londres, la veille. Le timbre sur l'enveloppe du dessus attira son attention.

Sebastiano la prit pour l'examiner de plus près. Pourquoi Layla recevait-elle du courrier d'une agence immobilière londonienne ? Ses doigts déchirèrent l'enveloppe sans même qu'il n'y ait réfléchi.

Layla vérifia une dernière fois son apparence dans le miroir. Elle adorait cette robe rouge. Sa coupe était simple mais élégante, avec des bretelles fines comme elle les aimait. Aux pieds, elle avait des chaussures noires presque plates. Sa grossesse était trop avancée pour qu'elle continue à porter des talons aiguilles, mais elle pouvait continuer à mettre sa paire préférée de créoles en or. Elle avait laissé ses cheveux lâchés et n'arborait pour maquillage qu'une touche de mascara et un léger rouge à lèvres, assorti à sa robe.

Après s'être vaporisée de son parfum favori – et celui que Sebastiano préférait –, elle quitta la chambre et partit à sa recherche.

Étrangement, elle ne le trouva dans aucune des pièces où il était habituellement. Elle chercha ailleurs, mais il n'était nulle part. Et aucun domestique ne l'avait vu.

S'efforçant de calmer l'angoisse qui s'emparait d'elle, elle l'appela sur son portable. Sans réponse. Les caméras de vidéosurveillance montraient pourtant qu'il n'avait pas quitté la villa.

Après trois appels, quatre SMS, et quinze minutes de recherches, elle entendit le bruit d'un moteur à hélice dehors. C'était l'hélicoptère qui venait les chercher. Mais où était donc Sebastiano ?

S'apprêtant à remonter vérifier qu'il ne se trouvait pas dans les chambres, elle se figea. Il y avait une pièce où elle n'était pas allée. Le dos douloureux après toutes ces recherches, elle se dirigea à nouveau vers le bureau de Sebastiano, puis elle poussa la porte qui menait au sien.

Il était là, assis face à un verre en cristal vide. Tous les tiroirs du bureau de Layla étaient ouverts et des papiers jonchaient le sol, éparpillés.

Il lui adressa un sourire glacial.

— Layla, comme c'est gentil de te joindre à moi.

Le frisson dans sa poitrine se propagea dans tout son corps et elle croisa les bras, frottant doucement son ventre où son bébé dormait.

— Qu'est-ce que tu fais ? demanda-t-elle.

— Rien du tout, répondit-il avec le même sourire que celui qu'il avait arboré le jour où il l'avait kidnappée. Mais dis-moi, chère *épouse*, quand comptais-tu m'annoncer que tu avais acheté la maison ? Tu sais de laquelle je parle. Celle dont tu as convenu toi-même qu'elle ne conviendrait pas pour élever notre enfant. Celle dans laquelle tu as déjà fait installer une pièce sécurisée.

Layla pâlit et s'affaissa contre le cadre de la porte. Sans cela, elle serait tombée.

Sans quitter des yeux son visage, il se pencha en avant et esquissa son sourire de prédateur.

— Cette maison-là, Layla.

13

Sebastiano observa une multitude d'émotions parcourir le beau visage de Layla et, sans prévenir, la colère qu'il avait contenue jusque-là explosa.

— Dis-moi ! cria-t-il en frappant un poing sur la table avant de se lever. Dis-moi pourquoi tu as agi dans mon dos après tout ce dont nous avions discuté, tout ce dont nous avions convenu. Tu es une conspiratrice...

Il ravala le juron qu'il s'apprêtait à lui lancer et prit une grande inspiration.

Son instinct avait été le bon, depuis le départ. Layla avait gardé pour elle une part d'elle-même, qu'elle lui avait dissimulée. Une part importante. Sa femme parfaite avait agi contre sa volonté et dans son dos pour s'offrir le refuge idéal et élever son enfant sans lui.

— Je t'ai *tout* donné dans ce mariage, Layla. Tout. Et voilà comment tu me le rends. Par la tromperie.

— Tromperie ? répéta-t-elle, les yeux écarquillés. Je n'ai pas acheté cette maison par ruse ou manipulation. Je l'ai acquise parce que j'ai passé tout notre mariage à redouter le jour où tu te réveilleras et décideras que j'ai rempli mon rôle. Ce jour où tu m'enverras tes avocats de luxe et que tu me laisseras sans rien.

Sa voix se brisa et elle marqua une pause.

— Je suis désolée si tu te sens trahi, mais cet argent était tout ce que j'avais et que tu ne pouvais pas toucher. Il fallait que je le place dans une maison qui nous assurerait la sécurité, à moi et à mon bébé, si jamais nous en avions besoin.

— Pour vous protéger de moi ? rugit-il d'une voix incrédule. Après tout ce que j'ai fait pour vous ?

— Je suppose que tu l'as fait pour te donner bonne conscience, murmura-t-elle avant de fermer les yeux quelques secondes, puis de le fixer. Je n'ai jamais rien demandé de tout cela. La seule chose que j'ai voulue, c'était de l'aide, pour mon bébé.

— *Notre* bébé, corrigea-t-il, impassible.

Elle le regarda, stupéfaite.

— Oui, Layla, je sais que cet enfant est de moi.

La vérité s'était imposée depuis si longtemps... qu'il ne parvenait pas à déterminer précisément quand il l'avait acceptée dans son cœur, mais les émotions qui l'avaient submergé en sentant le petit être sous sa main, un peu plus tôt, avaient dissipé le dernier déni qui restait accroché à lui.

— Je le sens ici, ajouta-t-il en plaquant une paume sur son cœur. Juste là où je te sentais, toi aussi. Mais c'est terminé. J'en ai fini d'essayer de te rendre heureuse, alors que tu te moques éperdument de moi.

Fini avec ce mariage qui n'avait jamais dépassé le stade de la représentation et une femme qui faisait des promesses qu'elle n'avait aucune intention de tenir.

— Ce n'est pas vrai ! cria-t-elle. Bien sûr que je...

— Plus de mensonges, gronda-t-il avant d'inspirer pour tempérer sa voix. Je m'en vais. Tu as toute la nuit pour préparer tes affaires. Le personnel t'aidera. Je reviens demain matin. Assure-toi d'être partie avant mon retour.

Elle le regarda, stupéfaite et très pâle, et elle mit un temps fou avant de reprendre la parole.

— Tu mets fin à notre mariage *maintenant* ? demanda-t-elle faiblement.

— Oh non, réfuta-t-il d'une voix crispée. Après mûre réflexion, j'ai décidé qu'il n'y aurait pas de divorce. Je vais te lier à ce fichu mariage pour le reste de ta misérable vie. Mais je préfère encore dormir dans un nid de vipères que de repasser une seule nuit sous le même toit que toi.

Layla tremblait si fort qu'elle dut s'accrocher à la porte pour se maintenir debout. Elle avait du mal à croire ce qui se passait. L'homme qui lui avait fait si merveilleusement l'amour quelques instants plus tôt la regardait à présent avec haine et dégoût, et cela lui faisait l'effet d'une lame dans le cœur.

— Je te contacterai pour te donner les instructions sur la marche à suivre, reprit-il avec un sourire froid qui la glaça. Tu les respecteras, sinon... tu en subiras les conséquences. La garde exclusive de mon enfant.

Le cœur battant, elle fixa cet étranger qui avait pris possession de son amant. De tous les scénarios qu'elle avait imaginés, aucun n'était aussi horrible que celui-ci.

— Ne me menace pas avec notre bébé, Sebastiano, supplia-t-elle. Je t'en prie... ne sois pas cet homme.

Quelque chose – une lueur de conscience ? – brilla dans les yeux de Sebastiano et son sourire disparut. D'une voix dure, il reprit néanmoins doucement.

— Moi, au moins, je n'ai jamais eu l'intention de lui construire un foyer sans toi.

De toutes ses accusations, celle-là lui sembla la plus cruelle.

— Très bien, dit-elle. Imagine le pire à mon sujet. Cette maison n'a jamais été qu'un plan de secours pour ma tranquillité d'esprit, seulement parce que je ne parvenais pas à me débarrasser de la peur d'être abandonnée avec notre enfant, tout comme ma mère l'a été.

Elle marqua une pause pour tenter de contenir les émotions qui la submergeaient.

— J'ai toujours su que tu connaissais la vérité au sujet de notre bébé, mais tu ne voulais pas te résoudre à l'admettre, n'est-ce pas ?

Parce que, pour toi, cela signifiait avoir échoué. Je sais que j'ai des cicatrices. Vivre avec toi m'a montré à quel point je suis encore blessée, mais la différence, c'est que je l'admets, alors que toi... Ta vie a été si dorée et facile qu'au premier signe d'échec, tu entres dans le déni. Tu as nié la paternité alors que je t'en ai donné toutes les preuves. Tu as préféré croire que j'avais pris un autre amant, juste après toi, plutôt que d'admettre qu'à un moment donné, au cours de notre nuit ensemble, tu aies commis une erreur. Jamais le grand Sebastiano Russo n'aurait pu mettre enceinte une humble serveuse. Qu'en aurait dit la bonne société ?

Il voulut parler, mais elle l'en empêcha.

— Si tu n'avais pas découvert que j'étais, en fait, une avocate respectable, jamais tu ne m'aurais entraînée dans ce jeu de dupes. Je ne veux même pas imaginer ce que tu aurais fait pour te venger.

Elle ne put rien faire pour retenir une larme qui roula sur sa joue.

— Tu m'as brisé le cœur, tu le savais ? Tu m'as rejetée comme si cette nuit n'avait rien signifié, alors que tu sais pertinemment qu'elle signifiait *tout*. Je sais que tu le nieras aussi, mais quelque chose de magique s'est produit, la nuit où nous avons conçu cet enfant. Tu as choisi de l'ignorer car je n'étais pas assez bien pour toi. Je suis contente que tu n'aies pas su que j'étais avocate. Tu m'aurais probablement jugée « apte » à entretenir une relation avec toi et j'aurais cru que c'était à cause de tes sentiments et non parce que je remplissais les conditions requises.

Elle ferma les yeux et s'accrocha fermement à la porte.

— Et alors, tu m'aurais vraiment détruite.

Le silence qui suivit fut total.

Ouvrant les yeux, Layla aperçut Sebastiano qui la fixait, le visage livide.

— As-tu la moindre idée de la terreur que j'ai ressentie en apprenant que j'étais enceinte ? À quel point je me suis sentie seule ? Combien de fois j'ai essayé de te joindre ? Et tu as le culot d'agir comme si c'était toi, la victime, et de t'attendre à ce que je te sois reconnaissante ?

Elle secoua la tête, puis prit une dernière inspiration avant de le regarder.

— C'est ta maison, pas la mienne. Reste. Je dormirai dans un des cottages, ce soir. Et je serai partie demain matin.

Layla avançait en pilote automatique à travers le vaste jardin qui se trouvait à l'arrière de la villa, respirant l'air hivernal qui ne ressemblait en rien à celui qu'elle retrouverait à Londres, le lendemain. Près de la statue de marbre représentant la Vénus de Milo, elle prit le sentier qui menait au plus isolé des cottages. De jolies veilleuses lui indiquaient le chemin.

Arrivée devant l'entrée, elle ferma les yeux avant de frapper.

La porte s'ouvrit.

Sa mère la regarda, avant que la compassion n'emplisse son visage et qu'elle lui tende la main.

Ce n'est qu'une fois la porte refermée que Layla s'effondra en sanglots dans les bras de Jilly.

— Emballez le tout et faites-le envoyer à Londres.

Ce furent les seules instructions de Sebastiano. Son seul indice permettant d'indiquer au personnel que Layla ne reviendrait pas.

Il supposa qu'il aurait dû se soucier des commérages, mais il était trop engourdi pour s'en préoccuper. Qu'ils parlent, s'ils en avaient envie. De toute façon, il ne les entendrait pas.

La villa était devenue aussi silencieuse et froide qu'un tombeau.

Sur son bureau, il trouva le carton d'invitation à un bal autrichien qui devait avoir lieu à la fin du mois de mars. Le bébé serait né, à ce moment-là. Il avait accepté de se rendre à ce bal quelques semaines plus tôt, avec en tête le fantasme de Layla, en robe de soirée, valsant dans ses bras. Le fantasme aussi d'en faire un long week-end, tous les deux avec leur bébé. Salzbourg était une ville magnifique. Il avait été certain qu'elle en tomberait amoureuse.

Il déchira l'invitation en lambeaux.

La photo de Sebastiano, légèrement souriant, trônait dans le hall de la Russo Banca Internazionale. Comme elle l'avait fait chaque matin de cette semaine, Layla voûta les épaules et fit mine de ne pas la voir en entrant.

Depuis son bureau, elle passa un coup de fil au greffier du tribunal au sujet d'une affaire qui devait être plaidée mardi. Évidemment, son appel fut mis en attente. Elle avait le sentiment d'avoir passé la majeure partie de ces derniers jours en attente. Elle ferma les yeux et réprima le cri qui attendait désespérément de s'échapper de ses poumons.

C'était un cri qu'elle avait réprimé toute la semaine. La seule chose qui l'empêchait de le laisser sortir, c'était le bébé qui lui donnait des coups de pied dans les côtes. Le stress n'étant pas bon pour les fœtus, elle faisait de son mieux pour montrer, intérieurement et extérieurement, tous les signes de la sérénité.

Mais elle comprit que ses efforts n'étaient pas suffisants lorsqu'une boîte de mouchoirs fut glissée discrètement sur son bureau.

Sa collègue Amalia, qui était entrée sans qu'elle ne la remarque, croisa son regard et lui adressa un sourire contrit. Layla lui sourit en retour avec gratitude, et elle prit un mouchoir pour se tamponner les yeux. Elle souffrait d'un terrible rhume des foins, dont le symptôme principal était les larmes qui coulaient comme un robinet, sans qu'elle ne puisse les arrêter. Du moins, c'était ce qu'elle avait annoncé à l'équipe.

Personne ne savait que son mariage était terminé. Non pas qu'il le soit sur le papier, mais, dans la réalité, c'était tout comme. Si Sebastiano tenait parole, elle demeurerait son épouse légale, condamnée à vivre dans le purgatoire de ses caprices, amenée à son bras pour briller quand le devoir l'exigeait avant de retourner dans sa petite case.

Malgré ses menaces, elle doutait de se retrouver en sa présence avant la naissance du bébé. C'était le seul point positif de cette histoire : son enfant aurait vraiment un père. Il lui restait donc quelques mois pour se préparer à le revoir.

Elle en était à son troisième mouchoir lorsqu'on répondit enfin à son appel.

Tard dans la soirée, Sebastiano se dirigea à grands pas vers le dressing qui avait appartenu à Layla. Après avoir passé la journée à éviter que sa famille ne vienne lui rendre visite – la rumeur de leur séparation devait commencer à se répandre –, il avait décidé de faire quelque chose de constructif, en transformant cette pièce en salon d'essayage, pour les visites trimestrielles de son tailleur.

À quoi bon laisser cette pièce vide et inutilisée ? Elle avait toujours été destinée à accueillir la personne qu'il épouserait. Peut-être qu'un jour, il se remarierait et que sa future femme pourrait l'avoir, mais en attendant...

Un coup inattendu au plexus solaire le fit presque se plier en deux. Il reprit lentement sa respiration et tourna la poignée de la porte. Il ferait changer toute la décoration. Même chose pour la salle de bains, qui avait été créée spécialement pour elle – elle lui avait confié un jour qu'elle aimait l'art japonais.

Il entra et le vide le frappa immédiatement. N'avait-il pas ordonné que l'on enlève toutes ses affaires de la pièce ?

Mais cela dépassait la notion de vide. C'était l'absence.

Un parfum traversa ses sens. L'espace d'un instant, d'un seul, il la vit en pensées. Layla. Ses cheveux s'agitaient autour d'elle et elle affichait ce sourire en coin, capable de briser le cœur d'un homme à cinquante pas.

Sa belle, spirituelle et gracieuse Layla. La femme qui était entrée dans cette froide villa palatiale et qui l'avait emplie de sa chaleur. Comme elle l'avait fait avec lui.

La femme rejetée avant sa naissance par le père qui aurait dû l'aimer et la protéger. Puis par ses grands-parents qui auraient dû, eux aussi, prendre soin d'elle.

Et maintenant, rejetée par lui.

Que Dieu lui vienne en aide, car oui, il l'avait rejetée. Cruellement. En plus de tous les autres torts qu'il avait causés à la femme qui avait consacré sa vie à aider ceux qui ne pouvaient s'aider eux-mêmes. Une femme qui refusait de se venger de peur de faire de nouvelles victimes. Un ange de lumière dans un monde froid et sombre. Il l'avait repoussée. L'image devant ses yeux s'évanouit.

Et la douleur qui le transperça fut suffisante pour le mettre à genoux.

Layla sortit du métro et avança prudemment pour ne pas glisser sur la neige fondue qui couvrait le trottoir. Elle était reconnaissante d'avoir suffisamment d'argent sur son compte pour avoir pu s'acheter une bonne paire de bottes, ainsi qu'un manteau à sa mère, pour la protéger des intempéries. Difficile de sombrer dans le désespoir avec un amour et un soutien aussi indéfectibles que ceux de Jilly.

Cela n'empêchait pas son cœur d'être plus sombre que le temps, ni ses larmes de couler. D'ailleurs, elle avait passé la semaine à pleurer. Les seuls moments où elle était joyeuse, c'était quand le bébé se mettait à jouer au football dans son ventre, puis elle éclatait de nouveau en sanglots en se disant que Sebastiano n'était pas là pour le partager avec elle. Elle ne pouvait s'empêcher de penser à cette horrible soirée où tout s'était effondré. Son visage blême quand il avait appris pour la maison. La culpabilité qu'elle ressentait d'avoir agi dans son dos et de l'avoir achetée, même après avoir accepté de ne pas le faire.

Elle secoua la neige de ses bottes et baissa les yeux en entrant dans l'immeuble. Elle franchit les barrières de sécurité et se dirigea vers l'ascenseur, mais là, une bouffée d'eau de Cologne la fit presque trébucher.

— Layla...

Son cœur s'arrêta avant qu'elle ne se fige.

Il lui fallut une éternité pour trouver le courage de se retourner.

C'était lui. Assez près pour que, en tendant le bras, elle puisse le toucher.

Vu la taille du bâtiment et la rareté de ses visites, il n'y avait qu'une faible chance que leurs chemins se croisent ici, mais elle aurait dû s'y préparer. Après tout, elle savait mieux que quiconque que le hasard pouvait vous jouer des tours. Son bébé en était la preuve.

— Bonjour, Sebastiano, parvint-elle à murmurer.

Sa poitrine se souleva. Ça faisait si mal de le voir. Et de constater à quel point huit jours séparée de lui avaient déformé ses souvenirs. Elle ne se souvenait pas que son visage ait été si décharné ou si… pâle.

Ni que ses yeux soient injectés de sang.

— Peut-on se parler ?

Elle le regarda, bouche bée, sans répondre.

Devant son silence, il ferma les yeux et baissa la tête.

— Je comprends. Vu la façon dont les choses se sont déroulées entre nous, je ne te reproche pas de ne pas vouloir m'adresser la parole. Mais je vais faire vite.

Alors qu'il était seul dans le dressing, tout était soudain devenu clair dans l'esprit de Sebastiano. Durant des heures, il était resté assis sur le sol, paralysé en comprenant ce qu'il avait fait. Et puis, cela l'avait frappé, et toute la douleur qu'il avait ressentie jusque-là n'était rien, comparée à l'agonie qui le déchirait à présent. Il avait perdu Layla. Mais elle n'avait jamais été à lui. À bout de souffle, il avait cherché son téléphone à tâtons. Il avait appelé son avocat, puis son assistante.

— Je pars pour Londres, avait-il annoncé, à peine conscient qu'il était deux heures du matin.

Layla le fixa en serrant fort son sac, comme pour s'y raccrocher. Il fit un pas en avant, puis hésita.

— Layla... Je sais que des excuses ne peuvent pas compenser ce que je t'ai fait, mais je dois essayer. Parce que tu le mérites. Je suis...

Il s'interrompit et secoua la tête en passant ses doigts dans ses cheveux en bataille.

— Je suis tout ce que tu as dit et même plus. Je suis un salaud égocentrique et arrogant. Mais tu n'as pas tout compris. Ce n'est pas parce que tu étais une serveuse que je t'ai ignorée, mais parce que ce que tu m'as fait ressentir m'a terrifié. Cette magie était là depuis le début et je l'ai vécue aussi profondément que toi, mais je t'ai rejetée parce que j'étais lâche. Tous ces mois que j'ai passés à travailler sans relâche pour ne plus penser à toi m'ont empêché de... réfléchir. Je n'ai pas prêté attention à mon environnement autant que j'aurais dû le faire, et le résultat a été... la perte d'un milliard d'euros. C'est le pouvoir que tu avais déjà sur moi à l'époque. J'ai évité le Diamond Club pendant des mois et, quand j'y suis retourné, j'étais sûr que tu serais partie. Mais je n'ai pas pu te fuir une deuxième fois. Ce que tu as fait ce soir-là, je l'ai pleinement mérité. La façon dont j'avais coupé les ponts avec toi était impardonnable. Mais le fait de te revoir m'a ramené à la vie. Tout ce que j'avais refoulé, tous les sentiments que je cachais, tout cela m'a frappé.

Il secoua de nouveau la tête.

— Je ne savais pas qu'une telle force était possible. Ça a secoué mon cœur... mon être. J'étais obsédé par toi. Maladivement. Et j'ai comploté pour te faire mienne et t'imposer dans ma vie, tout en me disant que c'était ce que tu méritais, ce que tu me devais, ajouta-t-il avec un rire incrédule. Tu imagines que je me suis persuadé que tu me devais quelque chose ? Tu ne me dois rien, Layla. Et certainement pas ta confiance. Je t'aime et je pense qu'une partie de toi m'aime aussi – ou peut-être est-ce mon arrogance qui resurgit –, mais tu ne me fais plus confiance. J'ai tout gâché en bloquant ton numéro et tout ce que j'ai accompli depuis n'a fait que prouver que tu avais raison de ne pas me faire confiance. Je ne suis pas étonné que tu aies fourni tant d'efforts pour te protéger. Je suis même surpris que tu supportes de me regarder. Mais sache que je regretterai toute ma vie de t'avoir traitée ainsi.

Elle essuya les larmes qui l'aveuglaient et continua à le regarder sans un mot.

— Je suis désolée pour tout, Layla. Et je prie pour qu'un jour, tu trouves la force de me pardonner, ajouta-t-il en fouillant dans la poche intérieure de son manteau. Voilà les papiers du divorce. J'ai déjà signé et je les ai postdatés – nous devons attendre un an pour déposer la demande, mais je voulais que tu l'aies maintenant pour que tu puisses dormir en sachant que ta liberté est entre tes mains, et non entre les miennes.

Elle fixa l'enveloppe qu'il tenait à la main avant de lever les yeux vers lui.

— Tu me laisses partir ?

Les yeux de Sebastiano s'emplirent de larmes et sa voix était rauque quand il reprit la parole.

— Tu n'as jamais été à moi. L'amour sans liberté n'est pas de l'amour, et je ne peux pas supporter l'idée d'avoir coupé les ailes d'un si bel esprit et de l'avoir attaché à moi. Tout ce que je demande, c'est de m'impliquer dans la vie de notre enfant. Je veux être son père.

— Bien sûr, bredouilla-t-elle, confuse. Tu peux t'impliquer autant que tu le souhaites.

Il eut un rire douloureux.

— Je savais que tu répondrais ça. C'est tellement plus que ce que je mérite.

— C'est ce que notre enfant mérite.

Il la regarda longuement.

— Il n'y a pas une âme sur terre qui pourrait résister à l'envie de tomber amoureuse de toi, murmura-t-il avant de baisser les yeux vers son ventre et de soupirer. Tu me tiendras au courant ?

— Promis.

Il eut un nouveau rire douloureux avant de porter ses propres doigts à ses lèvres, de les embrasser et de les presser sur les lèvres de Layla.

— Au revoir, Layla.

Puis il se retourna et partit. Elle resta debout, au milieu des travailleurs qui passaient et dont certains seulement s'attardaient à la vue des larmes qui coulaient sur son visage.

14

Layla sortit de l'ascenseur – l'enveloppe toujours serrée dans sa main –, sans se souvenir d'y être entrée.

Elle contempla la vaste réception où deux femmes se rongeaient les ongles et attendaient nerveusement sur les fauteuils moelleux de la salle d'attente. Puis elle regarda la bibliothèque où des assistants consultaient des textes juridiques, photocopiaient des documents et discutaient entre eux. Son regard se tourna ensuite vers le long et large couloir. La quatrième porte à gauche donnait sur son bureau.

Elle observa à nouveau les deux femmes qui attendaient. Ce n'étaient pas ses clientes. En y regardant de plus près, elle aperçut les restes d'un bleu sous l'œil de l'une d'elles. Violences conjugales ? À présent, le cabinet pouvait aider davantage de personnes. Beaucoup plus. Ils cherchaient déjà des locaux dans trois autres villes pour étendre leurs services à d'autres régions du pays. Rien de tout cela n'aurait été possible sans Sebastiano. Ce dernier avait offert au cabinet ce vaste espace de travail parce qu'il le voulait, et si c'était pour se donner bonne conscience, comme elle le pensait, c'était bien qu'il *avait* une conscience. Ce qui signifiait qu'il était capable de rédemption…

— Layla… Est-ce que tout va bien ?

Elle cligna des yeux en direction d'Audrey, une de ses collègues, qui la fixait d'un air inquiet.

— Je dois y aller, répondit-elle. Je suis désolée…

Se tenant le ventre, elle marcha aussi vite que ses jambes de femme enceinte le lui permettaient et reprit l'ascenseur, avant de héler un taxi noir dans la rue.

Quand le chauffeur s'arrêta devant la grande maison de banlieue, elle le paya, sans même demander le prix. À l'intérieur, la musique résonnait à plein volume à l'étage. S'agrippant fermement à la rampe, Layla monta l'escalier et suivit le bruit jusqu'à l'une des chambres d'amis où elle trouva sa mère sur un escabeau, peignant un mur d'un jaune doux tout en fredonnant au rythme de la musique.

En l'apercevant, Jilly descendit de son escabeau et appuya sur le bouton d'arrêt de son poste de radio.

— Que s'est-il passé ? demanda-t-elle d'une voix anxieuse.

— Maman, qu'est-ce qu'il t'a dit pour que tu acceptes de venir en Sicile ? Dis-le-moi, s'il te plaît.

L'inquiétude disparut du visage de sa mère qui la regarda un long moment avant de répondre en souriant :

— Il m'a dit que tu avais besoin de moi.

Le cœur de Layla se serra et elle porta la main à sa bouche. C'était la dernière chose qu'elle s'attendait à entendre. Sebastiano n'avait peut-être pas perçu ses peurs, mais il avait compris qu'elle avait besoin de sa mère. Et il savait que celle-ci ne refuserait jamais d'y répondre. Jilly avait accepté de quitter cet enfer uniquement parce que c'était ce que Layla avait voulu.

— Sebastiano t'aime, tu sais, déclara-t-elle doucement.

Layla hocha la tête, les yeux emplis de larmes. Oui, il l'aimait. Et elle l'aimait aussi. Avec la même obsession.

Un rayon de soleil hivernal traversa la fenêtre et transperça son cœur. Elle ferma les yeux et laissa sa chaleur l'envahir, puis, lorsqu'elle les rouvrit, ce fut comme si elle voyait le monde pour la première fois.

Sebastiano l'aimait.

— Maman, cette maison te plaît ?

Sa mère plissa les yeux d'un air confus.

— Tu sais très bien que oui, répondit-elle avant qu'un sourire malicieux n'éclaire son visage. C'est agréable d'aller dans un jardin et de ne pas être envahie par l'odeur des plants de cannabis quand le vent souffle dans la mauvaise direction.

Layla éclata de rire avant de la serrer dans ses bras.

— Eh bien, elle est à toi. Merci pour tout, maman. Si je peux être une mère à moitié aussi bonne pour mon enfant que tu l'as été pour moi, alors je me considérerai comme ayant fait du bon travail. Mais maintenant, il est temps de vivre pour *toi*. Va explorer le monde. Trouve-toi un amant. Deux amants ! Fais ce que tu veux. Sors et commence à vivre.

Quand sa mère s'écarta d'elle, elle rayonnait et ses yeux débordaient de larmes.

— Oh ! ma chérie, je suis si fière de toi...

— Tout ce que je suis, je le suis grâce à toi.

Sa mère porta sa main à son cœur et renifla en souriant.

— Tu vas le rejoindre ?

Layla hocha la tête et esquissa son premier vrai sourire depuis longtemps.

— Oui. Je rentre à la maison.

Il était tard lorsque Sebastiano revint à la villa. Jamais de sa vie il ne s'était senti aussi épuisé. Les jambes lourdes, il monta l'escalier.

Il vendrait la maison. Trouverait un nouvel endroit.

Un endroit où le fantôme de Layla ne le hanterait pas. Il sentait son parfum, plus fort qu'un souvenir, comme si elle avait récemment franchi le seuil. C'était plus qu'un homme ne pouvait le supporter.

Mais il le devait. Pour le bien de leur enfant.

Savoir que, dans quelques mois, la vie qu'il avait créée avec elle verrait le jour était la seule lueur d'espoir dans un monde devenu obscur.

Il ne supportait même pas de dormir dans le lit qu'ils avaient partagé. Peu importe le nombre de fois où il les avait fait changer, son parfum persistait entre les draps.

Il traîna des pieds jusqu'à sa chambre. Il irait se brosser les dents avant d'aller dormir dans une autre pièce.

Il s'immobilisa brusquement en entrant.

Il ferma les yeux, compta jusqu'à dix, puis les rouvrit.

Son cœur cessa de battre.

Layla était là, sur son lit.

Elle était nue. À côté d'elle se trouvait une pile de papiers déchiquetés. Son poignet gauche était menotté aux montants du lit.

Ses beaux yeux myosotis le fixaient avec une telle intensité qu'il ne put retenir les larmes qui affleurèrent à ses yeux. Il s'approcha sans même s'en rendre compte. Submergé par les émotions qui tourbillonnaient en lui comme une tempête, il s'assit sur le lit et posa doucement la main sur son ventre. Le mouvement sous sa paume fit à nouveau chavirer son cœur.

Elle sourit d'un air tremblant et hocha la tête. Il essuya une larme et déposa un baiser sur l'endroit du ventre où son enfant avait bougé, avant de saisir la petite clé qu'elle avait laissée à sa portée. Puis il la libéra en lui embrassant le poignet.

Elle lui caressa la joue en souriant.

— Je t'aime, Sebastiano Russo, murmura-t-elle tandis que ses yeux myosotis débordaient d'amour. De toutes les fibres de mon être. Je t'aime et je te fais confiance.

Il inspira lentement, osant à peine croire ce qu'elle lui disait.

Elle l'embrassa doucement.

— Tu es comme un animal blessé quand tu souffres, mais tu ne mens jamais… sauf à toi-même… et, malgré tous les torts que tu as commis après notre nuit ensemble, tu m'as toujours, toujours traitée avec respect.

Elle s'interrompit et plongea ses yeux dans les siens.

— Moi, je suis comme un animal blessé quand j'ai peur. J'ai acheté la maison parce que j'avais trop peur et que tu étais trop têtu pour que nous admettions la vérité : je t'appartiens, tu m'appartiens et notre bébé nous appartient à tous les deux jusqu'à ce qu'il soit assez grand pour s'appartenir à lui-même.

Sebastiano frotta sa joue contre la sienne, respirant ce parfum qu'il allait sentir tous les jours de sa vie.

Layla glissa la main autour de son cou et se pencha à son oreille.

— Je n'ai plus peur.

Et lui non plus, pensa Sebastiano, hébété, tandis que leurs bouches fusionnaient et que leurs bras s'enlaçaient étroitement.

La lumière et la chaleur émanant de la créature angélique et sexy qui l'aimait – Layla l'aimait ! – s'infiltrèrent dans son cœur froid et le ramenèrent à la vie.

Cette chaleur le nourrirait pour le reste de ses jours.

Épilogue

Exclusif !

Le banquier milliardaire sicilien Sebastiano Russo et son épouse, l'avocate anglaise Layla Russo, ont accueilli un nouveau bébé !

CMB est en mesure d'annoncer en exclusivité que les Russo, célèbres pour leur philanthropie et l'organisation de soirées dont la liste d'invités ferait pâlir d'envie les célébrités les plus en vue, ont agrandi leur famille avec la naissance d'un petit garçon en pleine santé. Aucun prénom n'a encore été choisi pour cet enfant, frère de Jilly (six ans), Lara (cinq ans) et Dante (deux ans). Mais si l'on en croit la tradition, CMB mise sur un prénom italien !

Plus d'informations à venir…

Vous avez aimé ce roman ?
Retrouvez en numérique « Le Diamond Club » :
1. *Une passion inestimable*, Lynne Graham
2. *Baisers éternels*, Caitlin Crews
3. *L'impossible tentation*, Millie Adams
4. *L'héritière envolée*, Lorraine Hall
5. *Un délicieux ultimatum*, Michelle Smart
Et découvrez la suite de votre série dès le mois prochain
dans votre collection Azur !